T0418087

Lyman Frank Baum (1856-1919) es uno de los grandes autores clásicos de literatura infantil, admirado tanto por escritores como lectores. Ejerció las más diversas actividades antes de dedicarse a la literatura por completo: periodista, empresario teatral, actor, comerciante y secretario de la Asociación Nacional de Decoradores de Escaparates fueron algunos de los oficios que desempeñó antes del debut del mundo de Oz. Tras varias obras infantiles que no despertaron demasiado interés, en 1900 salió a la venta *El Mago de Oz*, que se convirtió rápidamente en la obra predilecta en millones de hogares. Reconocido como autor de éxito, Baum se mudó a California, donde escribió secuelas ambientadas en ese universo hasta su muerte.

W. W. Denslow (1856-1915) es recordado en el imaginario popular por ser el ilustrador de la edición original de *El Mago de Oz*. Su trabajo como humorista gráfico comprendió, además de los libros infantiles, pósteres y carteles de distintos registros.

L. FRANK BAUM

El Mago de Oz

Traducción de
HERMINIA DAUER

Ilustraciones de
W. W. DENSLOW

PENGUIN CLÁSICOS

Papel certificado por el Forest Stewardship Council®

Título original: *The Wonderful Wizard of Oz*

Primera edición con esta presentación: noviembre de 2024

Printed in Spain – Impreso en España

ISBN: 978-84-9105-692-8
Depósito legal: B-14.473-2024

Compuesto en M. I. Maquetación, S. L.

Impreso en Liberdúplex
Sant Llorenç d'Hortons (Barcelona)

PG 5 6 9 2 8

Este libro está dedicado
a mi buena amiga y compañera:
mi mujer

L. F. B.

PRÓLOGO

El folclore, las leyendas, los mitos y los cuentos de hadas han acompañado a la infancia a lo largo de los siglos, pues todo niño sano tiene una saludable e instintiva afición por las historias fantásticas, maravillosas y manifiestamente irreales. Las hadas aladas de Grimm y Andersen han proporcionado más felicidad a los corazones infantiles que el resto de las creaciones humanas.

Sin embargo, después de haber servido a generaciones, el cuento de hadas de antaño ahora puede ser etiquetado como «histórico» en la biblioteca infantil, pues ha llegado el momento de una nueva serie de «cuentos maravillosos» en los que los estereotipados genios, enanos y hadas sean eliminados junto con las horribles y espeluznantes peripecias ideadas por sus autores con el fin de subrayar una temible moraleja. La educación moderna incluye la moral; por consiguiente, el niño moderno solo busca entretenimiento en los cuentos maravillosos y prescinde gustosamente de todos los episodios desagradables.

Con esta idea en mente, el cuento *El Mago de Oz* ha sido escrito únicamente para agradar a los niños de hoy día. Aspira a ser un cuento de hadas modernizado en el que se mantengan el asombro y la dicha y se excluyan las congojas y las pesadillas.

L. FRANK BAUM
Chicago, abril de 1900

DESIERTO
País de los Gillikins
LAGO
País de los Winkies
CIUDAD ESMERALDA
País de los Munchkins
DESIERTO
DESIERTO
CASA DE DOROTHY
País de los Quadlings
DESIERTO

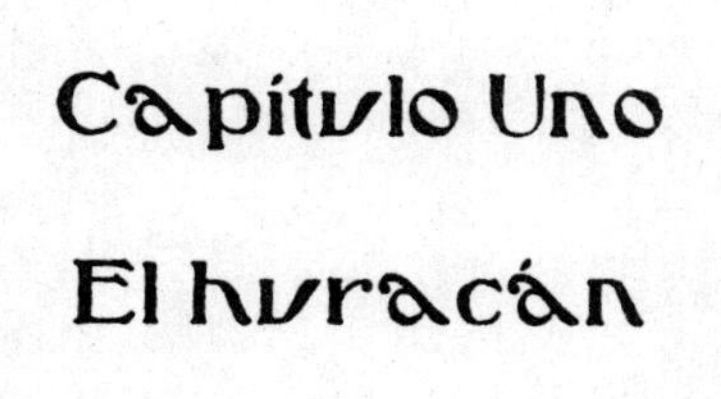
Capítulo Uno
El huracán

Dorothy vivía en medio de las grandes praderas de Kansas con su tío Henry, que era granjero, y su tía Em, que era la mujer del granjero. Su casa era pequeña, porque la madera para su construcción tuvo que ser traída en carro desde muy lejos. Tenía cuatro paredes, suelo y tejado, todo lo cual formaba una sola habitación, y esta habitación contenía una herrumbrosa cocina de carbón, una alacena para los platos, una mesa, tres o cuatro sillas y las camas. Tío Henry y tía Em tenían una cama grande en un rincón, y Dorothy tenía una cama pequeña en otro rincón. No había buhardilla, ni tampoco sótano: solo un reducido agujero, cavado en el suelo, llamado el sótano de los huracanes, donde la familia se podía refugiar en caso de que se formara uno de esos tremendos remolinos capaces de destruir cualquier edificio que se encontrase en su camino. Se llegaba a él por una trampilla situada en el centro del suelo, desde donde una escalera conducía al pequeño y oscuro agujero.

Cuando Dorothy miraba a su alrededor desde la entrada, no veía más que la gran pradera gris a uno y otro lado. Ni un árbol, ni una casa interrumpían la inmensa llanura, que parecía tocar el cielo en todas direcciones. El sol había convertido la labrada tierra en una masa gris, con pequeñas grietas que la surcaban. Ni siquiera la hierba era verde, ya que el sol había quemado las puntas de las largas briznas hasta darles el mismo color gris que presentaba todo lo demás. La casa había sido pintada, en su día, pero el sol levantó ampollas en la pintura y las lluvias se encargaron de llevársela después, por lo que ahora resultaba tan triste y gris como todo cuanto la rodeaba.

Cuando tía Em llegó a Kansas era una esposa joven y bonita. Pero el sol y el viento también la habían cambiado a ella, quitándole el brillo de los ojos hasta dejarlos de un triste color gris, y también el rojo de sus mejillas y labios había desaparecido para transformarse en gris. Ahora se la veía delgada y pequeña, y nunca sonreía. Cuando Dorothy, que era huérfana, fue a vivir con ella, tía Em se alarmaba tanto ante las risas de la niña que ahogaba un grito y se llevaba una mano al corazón cada vez que la alegre voz de Dorothy llegaba a sus oídos, y todavía ahora miraba extrañada a la chiquilla, preguntándose qué era lo que encontraba tan divertido.

Tío Henry jamás reía. Trabajaba duramente de la mañana a la noche, y no sabía lo que era estar contento. También él era gris, desde su larga barba hasta sus toscas botas; su aspecto era severo y solemne, y apenas hablaba.

Era Toto el que hacía reír a Dorothy y la salvaba de volverse tan gris como todo lo demás. Toto no era gris. Era un pequeño perro negro, de largo pelo sedoso y vivos ojillos negros que centelleaban alegres a cada lado de su gracioso hocico. Toto jugaba todo el día sin cesar. Y Dorothy jugaba con él y le quería mucho.

Hoy, sin embargo, no jugaban. Tío Henry se había sentado en el umbral y observaba preocupado el cielo, que aún aparecía más gris que de costumbre. Dorothy, de pie en la entrada con Toto en brazos, miraba también el cielo. Tía Em estaba fregando los platos.

Procedente del extremo norte oyeron, de pronto, el débil gemido del viento, y tanto tío Henry como Dorothy pudieron ver que, a lo lejos, la larga hierba formaba olas ante la tempestad que se acercaba. Entonces llegó un agudo silbido por los aires, procedente del sur, y al volver los ojos en esa dirección vieron que también por ese lado se ondulaba la hierba.

El hombre se levantó en el acto.

—Se aproxima un huracán, Em —le dijo a su mujer—. Voy a ocuparme del ganado.

Y corrió hacia los cobertizos donde tenía las vacas y los caballos. Tía Em dejó su trabajo y se asomó a la puerta. Una sola ojeada le bastó para comprender el inmediato peligro.

—¡Aprisa, Dorothy! —chilló—. ¡Tenemos que bajar al sótano!

Toto saltó de los brazos de Dorothy y se escondió debajo de la cama. La niña intentó cogerle. Tía Em, terriblemente asustada, levantó la trampilla que conducía al oscuro refugio y bajó la escalera. Dorothy había atrapado por fin a Toto y se disponía a seguir a su tía, pero cuando estaba a medio camino llegó un gran aullido del viento y la casa se sacudió de tal manera que la niña perdió pie y, de repente, se encontró sentada en el suelo.

Entonces ocurrió algo muy extraño.

La casa dio dos o tres vueltas en redondo y, poco a poco, se elevó por los aires. Dorothy tuvo la sensación de viajar en globo.

Los vientos del Norte y del Sur habían chocado justo donde estaba la casa, que de este modo se convirtió en el centro mismo del huracán. En medio de un huracán suele haber quietud, pero la enorme presión del viento por cada lado hizo subir la casa más y más, hasta que llegó a la cresta del huracán, y allí se quedó para ser arrastrada como una pluma a lo largo de kilómetros y kilómetros.

Todo estaba a oscuras y el viento aullaba de forma espantosa a su alrededor, pero para Dorothy el viaje estaba resultando bastante cómodo. Después de las primeras vueltas en redondo y de un brusco movimiento que ladeó la casa, le parecía que la iban meciendo con cuidado, como a un bebé en su cuna.

A Toto, en cambio, no le gustaba nada la aventura. Corría de un lado a otro ladrando sin parar. Dorothy, en cambio, permanecía muy quieta en el suelo, en espera de lo que sucediera.

En cierto momento, Toto se acercó demasiado a la trampilla y cayó por ella. Primero, la niña temió haberlo perdido, pero pronto vio asomar una de sus orejas por el agujero. La presión del aire era tanta que no le permitía caer más. Dorothy se arrastró hasta la trampilla, agarró a Toto por la oreja y volvió a meterle en la habitación, cerrando luego la pequeña trampilla para que no ocurriesen más accidentes.

Pasaron las horas, una tras otra, y Dorothy venció poco a poco el miedo que sentía. Sin embargo, se sentía muy sola y el viento ululaba con tal fuerza que casi la dejaba sorda. Al principio se preguntaba si la casa quedaría hecha pedazos cuando cayera al suelo, pero al ver que transcurría el tiempo y no pasaba nada horrible, dejó de preocuparse y decidió aguardar con calma lo que el futuro le deparase. Por último, avanzó por el tambaleante suelo hasta su cama y logró acostarse en ella. Toto la imitó y se enroscó a su lado.

Pese al balanceo de la casa y a los gemidos del viento, Dorothy no tardó en cerrar los ojos y quedarse profundamente dormida.

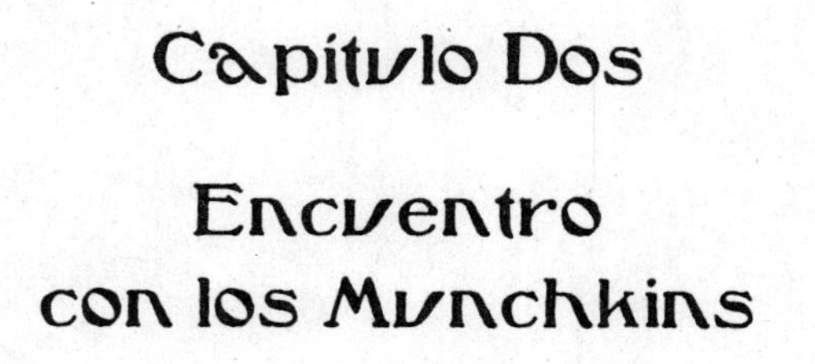
Capítulo Dos
Encuentro
con los Munchkins

Se despertó con una sacudida tan repentina y brusca que si Dorothy no llega a estar acostada en su mullida cama, podría haberse hecho daño. Aun así, el choque la dejó sin aliento y le hizo preguntarse qué habría ocurrido. Toto arrimó su frío hocico a la cara de su ama y gimoteó temeroso. Dorothy se incorporó y notó que la casa ya no se movía. Tampoco estaba a oscuras, porque la brillante luz del sol penetraba a raudales por la ventana, inundando la pequeña estancia. Saltó de la cama y abrió la puerta, con Toto pisándole los talones.

La niña dio un grito de sorpresa y miró a su alrededor con los ojos cada vez más abiertos, de tan maravilloso como era el lugar.

El huracán había depositado la casa —con mucha delicadeza para ser un huracán— en medio de un paisaje de increíble belleza. Por doquier había preciosos espacios de verde césped, con soberbios árboles cargados de hermosas y deliciosas frutas. Aquí y allá destacaban parterres de espléndidas flores, y pájaros de raro y brillante plumaje cantaban y revoloteaban entre los árboles y arbustos. Un poco más lejos corría un centelleante arroyuelo entre verdes orillas, y con sus aguas parecía cantarle una agradable canción a la niña que durante tanto tiempo había vivido en medio de secas y grises llanuras.

Mientras Dorothy seguía admirando todas aquellas bellezas, observó que avanzaba hacia ella un grupo de las más extrañas personas que jamás hubiese visto. No eran tan grandes como los adultos a los que estaba acostumbrada, pero tampoco eran muy pequeñas. Serían, más o menos, de la misma estatura que Dorothy, que estaba bien desarrollada para su edad, aunque ellos parecían mucho mayores.

Eran tres hombres y una mujer, todos vestidos de manera muy singular. Llevaban unos sombreros redondos que terminaban en una punta de más de un palmo de altura, con cascabeles alrededor de todo el borde, de modo que cualquier movimiento producía un suave tintineo. Los sombreros de los hombres eran azules. El de la mujer era blanco, y esta llevaba además una túnica también blanca que le caía a pliegues desde los hombros, con pequeñas estrellas que brillaban a la luz del sol como diamantes. Los trajes de los hombres eran azules, del mismo tono que sus sombreros, y sus bien lustradas botas tenían arriba una tira más oscura. Dorothy se dijo que los hombres debían de ser de la misma edad que su tío, ya que dos de ellos llevaban barba. Sin embargo, la mujercita parecía mucho más vieja, pues su cara estaba cubierta de arrugas, su pelo era casi blanco y se la veía caminar con cierta rigidez.

Cuando esas personas llegaron junto a la casa en cuyo umbral permanecía la niña, se detuvieron y murmuraron algo entre ellos, como si temieran aproximarse más. Por fin, la viejecita menuda se acercó a Dorothy, hizo una pequeña reverencia y dijo con voz dulce:

—¡Bienvenida seas al país de los Munchkins, noble hechicera! Te estamos infinitamente agradecidos por haber dado muerte a la Malvada Bruja del Este, liberando así a nuestro pueblo de la esclavitud.

Dorothy la escuchó muy asombrada. ¿Por qué la llamaba hechicera aquella mujercita y decía que ella había matado a la Malvada Bruja del Este? Dorothy era una niña buena e inocente, que se había visto transportada por un huracán a muchos kilómetros de su hogar, y nunca había matado a nadie en su vida.

Pero era evidente que la pequeña vieja esperaba una respuesta, por lo que Dorothy contestó, algo vacilante:

—Sois muy amables, pero tiene que haber un error. Yo no he dado muerte a nadie.

—Pues al menos lo hizo tu casa —replicó la vieja con una risa—, y viene a ser lo mismo. ¡Fíjate! —continuó, señalando una esquina de la casa—. Aquí están las puntas de sus pies, que aún asoman por debajo de un canto de madera.

Dorothy miró y lanzó una exclamación de espanto. En efecto, por debajo del poderoso madero que servía de base a la casa asomaban dos pies calzados con puntiagudos zapatos de plata.

—¡Cielo santo! —gritó Dorothy, juntando las manos llena de angustia—. ¡La casa ha debido de caer encima de ella! ¿Qué podemos hacer ahora?

—Nada de nada —repuso tranquilamente la viejecita.

—¿Quién era esa persona? —preguntó Dorothy.

—La Malvada Bruja del Este, como te he dicho —repitió la anciana—. Ha tenido esclavizados a todos los Munchkins, haciéndoles trabajar día y noche durante largos años. Ahora son libres y te agradecen el inmenso favor.

—¿Quiénes son los Munchkins? —quiso saber Dorothy.

—El pueblo que habita esta tierra del Este, donde mandaba la maldita bruja.

—¿Eres tú una Munchkin? —preguntó Dorothy.

—No, pero soy su amiga, aunque vivo en la tierra del Norte. Cuando los Munchkins vieron que la Bruja del Este había muerto, me enviaron un veloz mensajero, y vine enseguida. Yo soy la Bruja del Norte.

—¡Oh! —exclamó la niña—. ¿Eres una bruja de verdad?

—Sí, desde luego —respondió la mujer menuda—. Pero yo soy una bruja buena, y la gente me quiere. Sin embargo, no tengo tanto poder como la Bruja del Este, que reinaba aquí. De lo contrario, habría liberado a esta gente hace mucho tiempo.

—Pues yo pensaba que todas las brujas eran malas —dijo Dorothy, todavía un poco asustada de verse ante una auténtica bruja.

—¡Oh, no! Eso es un gran error. En todo el país de Oz no había más que cuatro brujas, y dos de ellas, las que viven en el Norte y en el Sur, son buenas. Lo sé muy bien, porque yo soy una de ellas y no puedo equivocarme. En cambio, las que residían en el Este y en el Oeste eran brujas malas. Pero ahora que tú has matado a una de ellas, solo queda una bruja mala en todo el país de Oz: la que vive en el Oeste.

—Pero... —dijo Dorothy, después de reflexionar un momento—, tía Em me explicó que todas las brujas están muertas desde hace años y años.

—¿Quién es tía Em? —preguntó la pequeña mujer.

—Mi tía, la que vive en Kansas, de donde yo he venido.

La brujita del Norte pareció cavilar un poco, con la cabeza baja y los ojos mirando al suelo. Después alzó la vista y dijo:

—No sé dónde está Kansas. Nunca he oído hablar de ese país. Pero, dime, ¿es un país civilizado?

—¡Sí, claro! —contestó Dorothy.

—Ahí tienes la explicación. Creo que en los países civilizados no quedan brujas ni brujos, ni hechiceras ni magos. En cambio, ¿ves?, el país de Oz nunca llegó a ser civilizado, porque vivimos totalmente apartados del resto del mundo. Ese es el motivo de que aún haya brujas y magos entre nosotros.

—¿Dónde están los magos? —inquirió Dorothy.

—El propio Oz es el Gran Mago —respondió la bruja, reduciendo su voz a un susurro—. Es más poderoso que todos nosotros juntos. Vive en la Ciudad Esmeralda.

La niña iba a preguntar algo más, pero en aquel momento los Munchkins, que habían permanecido en silencio, lanzaron grandes exclamaciones y señalaron la esquina de la casa bajo la cual asomaban poco antes los pies de la Malvada Bruja.

—¿Qué es eso? —preguntó la pequeña mujer y, después de mirar en aquella dirección, soltó una carcajada.

Los pies de la bruja muerta habían desaparecido por completo, y solo quedaban los zapatos de plata.

—Era tan vieja —explicó la brujita del Norte— que el sol la ha secado enseguida. Ya no queda nada de ella. Pero ahora los zapatos son tuyos y tendrás que llevarlos.

Se agachó, tomó los zapatos y, después de sacudirles el polvo, se los entregó a Dorothy.

—La Bruja del Este se sentía muy orgullosa de sus zapatos de plata —comentó uno de los Munchkins—. Y lo cierto es que poseen algún poder mágico, si bien nunca hemos sabido cuál.

Dorothy introdujo los zapatos en la casa y los dejó encima de la mesa. Luego salió de nuevo y dijo a los Munchkins:

—Estoy ansiosa por volver junto a mis tíos, porque sin duda estarán muy preocupados por mí. ¿Podríais ayudarme a encontrar el camino?

Los Munchkins y la Bruja se miraron unos a otros, luego posaron la vista en Dorothy y, por fin, sacudieron la cabeza.

—Al Este, no lejos de aquí —dijo uno—, hay un gran desierto, y nadie sería capaz de atravesarlo.

—Pues lo mismo sucede en el Sur —dijo otro—, porque yo estuve allí y lo vi. El Sur es el país de los Quadlings.

—A mí me contaron —comentó el tercero— que en el Oeste ocurre otro tanto. Y ese país, donde viven los Winkies, es gobernado por la Malvada Bruja del Oeste, que te convertiría en su esclava si pasases por allí.

—El Norte es mi hogar —indicó la viejecita—, y con él linda el mismo enorme desierto que rodea todo el país de Oz. Lo siento, querida niña, pero tendrás que quedarte a vivir con nosotros.

Al oír aquello, Dorothy rompió a llorar, pues se sentía muy sola entre esos extraños personajes. Sus lágrimas parecieron apenar a los Munchkins, de corazón muy tierno, porque todos sacaron enseguida sus pañuelos y se pusieron también a llorar. En cuanto a la brujita, se quitó el sombrero e hizo balancear la punta sobre el extremo de su nariz, a la vez que contaba «uno, dos, tres» con voz solemne. De pronto, el gorro se transformó en una especie de pizarra que llevaba estas palabras escritas en tiza blanca: «Que Dorothy vaya a la Ciudad Esmeralda».

La pequeña vieja se quitó la pizarra de la nariz y, tras leer lo que decía, preguntó:

—¿Te llamas Dorothy, querida?

—Sí —contestó la niña, secando sus lágrimas.

—Entonces tienes que ir a la Ciudad Esmeralda. Quizá te ayude Oz.

—¿Dónde está esa ciudad? —quiso saber Dorothy.

—Exactamente en el centro del país, y está gobernada por Oz, el Gran Mago de quien te he hablado.

—Y... ¿es un buen hombre? —preguntó la niña, ansiosa.

—Es un buen mago. Si es un hombre o no, es cosa que ya no puedo decirte, porque nunca le he visto.

—¿Y cómo llegaré a ese sitio?

—Tienes que caminar. Es un largo viaje a través de una región que a veces es agradable y otras veces oscura y terrible. No obstante, haré uso de toda mi magia para impedir que sufras daño alguno.

—¿Por qué no vienes conmigo? —rogó la niña, que empezaba a ver en la viejecita a su única amiga.

—Porque no puedo —contestó—. Pero voy a besarte, y nadie se atreverá a molestar a una persona que haya sido besada por la Bruja del Norte.

Se acercó a Dorothy y la besó con delicadeza en la frente. Donde sus labios habían tocado a la niña, dejaron una marca redonda y brillante que Dorothy descubrió poco después.

—El camino de la Ciudad Esmeralda está pavimentado con ladrillos de color amarillo —explicó la brujita—. No puedes perderte. Cuando te veas frente a Oz, no te asustes.

Le cuentas tu historia y le pides que te ayude. ¡Adiós, querida!

Los tres Munchkins se inclinaron profundamente ante Dorothy y le desearon buen viaje, después de lo cual se alejaron por entre los árboles. La pequeña bruja saludó a la niña con un simpático gesto de la cabeza, dio tres vueltas sobre su talón izquierdo y desapareció sin más, para gran sorpresa de Toto, que ladró con fuerza en cuanto ella se marchó, pues no se había atrevido a hacerlo antes, en su presencia.

A Dorothy, en cambio, no la sorprendió en absoluto aquella desaparición. Era lógico que una bruja se marchara así.

Capítulo Tres

Cómo salvó Dorothy al Espantapájaros

Cuando la niña quedó sola, empezó a sentir hambre. Por consiguiente, fue a la alacena, cortó una rebanada de pan y la untó con mantequilla. Dio un poco a Toto y, tomando un cubo del estante, lo llevó al arroyo y lo llenó de agua clara y cristalina. Toto corrió hacia los árboles y empezó a ladrar a los pájaros posados en sus ramas. Dorothy fue en su busca, y vio tan deliciosas frutas colgando entre las hojas que cogió algunas y se dijo que eran justamente lo que deseaba para completar su desayuno.

Regresó luego a la casa, donde ella y Toto bebieron cada cual un buen trago de aquella agua tan fresca, y a continuación se dispuso a emprender viaje a la Ciudad Esmeralda.

Dorothy solo tenía otro vestido, que por casualidad estaba limpio y colgado de un gancho, al lado de su cama. Era de cuadros azules y blancos, y aunque el azul se había descolorido con tantos lavados, el vestido resultaba todavía muy bonito. La niña se aseó con esmero, se puso el vestido y sujetó a la cabeza su pequeña gorra rosa. Después cogió una pequeña cesta, la llenó de pan y la cubrió con un paño blanco. Luego se miró los pies y vio cuán sucios y gastados tenía los zapatos.

«Seguramente no resistirían un camino tan largo, amigo Toto», le dijo al perro, y este la miró con sus ojillos negros y meneó el rabo, como si la entendiera.

En aquel instante, Dorothy vio sobre la mesa los zapatos de plata que habían pertenecido a la Bruja del Este.

—¿Vamos a probar si me van bien? —le preguntó a Toto—. Serían ideales para un camino tan largo, ya que no se desgastarían.

Se quitó, pues, los viejos zapatos de cuero y se probó los de plata, que le iban tan bien como si hubieran sido hechos para ella.

Por último tomó la cesta.

—Ven conmigo, Toto —dijo—. Iremos a la Ciudad Esmeralda y preguntaremos al Gran Oz la manera de volver a Kansas.

Cerró la puerta con cuidado y guardó la llave en el bolsillo de su vestido. Y así, con Toto muy serio detrás de ella, comenzaron su viaje.

Había por allí cerca varios caminos, pero a Dorothy no le costó encontrar el de ladrillos amarillos, y poco después avanzaba muy decidida en dirección a la Ciudad Esmeralda, con sus zapatos de plata tintineando alegremente sobre el duro suelo amarillo. El sol brillaba espléndido, los pájaros entonaban sus más dulces cantos, y Dorothy no se sentía tan apesadumbrada como se hubiera pensado de una niña pequeña que, de repente, se ha visto arrancada de su país y abandonada en medio de un mundo extraño.

Dorothy quedó sorprendida al ver lo bonito que era el paisaje que la rodeaba. A ambos lados de la carretera había cuidadas vallas de color azul, y detrás de ellas se extendían campos de trigo y de hortalizas en abundancia. Por lo visto, los Munchkins eran buenos labradores y sabían obtener grandes cosechas. De vez en cuando pasaba junto a una casa, y sus ocupantes salían a mirarla y hacían grandes reverencias, porque todo el mundo sabía que gracias a ella había muerto la Malvada Bruja y se veían libres de la esclavitud. Las casas de los Munchkins resultaban muy raras, porque eran redondas, con una gran cúpula por tejado. Y todo estaba pintado de azul, que en aquella tierra del Este era el color favorito.

Al atardecer, cuando Dorothy sintió cansancio de tanto caminar y empezó a preguntarse dónde podría pasar la noche, llegó a una casa algo mayor que las demás. Hombres y mujeres bailaban sobre el verde césped que había delante. Cinco pequeños violinistas tocaban lo más fuerte posible, y la gente reía y cantaba. Al lado les aguardaba una gran mesa cargada de deliciosas frutas y nueces, tartas, pastelillos y muchas otras cosas muy buenas.

Aquellas gentes saludaron con gran amabilidad a Dorothy y la invitaron a cenar y a pasar la noche en casa, ya que allí vivía uno de los Munchkins más ricos del país y sus amigos se habían reunido con él para celebrar su liberación de la esclavitud a que les tenía sometidos la Malvada Bruja.

Dorothy cenó muy a gusto, servida por el propio dueño de la casa, que se llamaba Boq. Después tomó asiento en un banco y contempló la danza de los demás.

Cuando Boq vio sus zapatos de plata, dijo:

—Debes de ser una poderosa hechicera.

—¿Por qué? —preguntó la niña.

—Porque llevas zapatos de plata y has matado a la Malvada Bruja. Además, veo color blanco en tu vestido, y solo las brujas y las hechiceras pueden lucirlo.

—Mi vestido es a cuadros blancos y azules —contestó Dorothy, a la vez que se alisaba las arrugas de la falda.

—Eres muy amable de llevarlo —dijo Boq—. El azul es el color de los Munchkins, y el blanco el de las brujas, de manera que sabemos que eres una brujita buena.

La niña no supo qué responder. Todo el mundo la tomaba por una bruja, aunque ella sabía perfectamente que solo era una niña normal, arrastrada por un huracán a un país extraño.

Cuando se cansó de contemplar el baile, Boq la acompañó al interior de la casa, donde le mostró una habitación con una bonita cama. Las sábanas eran de tela azul, y Dorothy durmió profundamente entre ellas hasta la mañana siguiente, con Toto enroscado a su lado sobre una alfombra también azul.

Tomó un sabroso desayuno y observó a un bebé Munchkin que jugaba con Toto, le tiraba de la cola y parloteaba y reía de una manera que divirtió grandemente a Dorothy. Toto significaba una extraordinaria novedad para toda aquella gente, que nunca había visto un perro.

—¿Queda muy lejos la Ciudad Esmeralda? —preguntó la niña.

—No lo sé —contestó Boq con seriedad—, pues nunca he estado allí. Es mejor que la gente no se acerque a Oz, si no tiene nada que tratar con él, ¿sabes? De cualquier forma, el camino

«Debes de ser una poderosa hechicera.»

hasta la Ciudad Esmeralda es largo y te llevará muchos días. Nuestro país es rico y agradable, pero tendrás que pasar por sitios difíciles y peligrosos antes de llegar al término de tu viaje.

Esto preocupó un poco a Dorothy, pero sabía que solo el Gran Mago de Oz podía ayudarla a regresar a Kansas, de modo que decidió no volver atrás.

Dijo adiós a sus amigos y continuó por el camino de ladrillos amarillos. Después de recorrer unos cuantos kilómetros, se dijo que debía descansar y se encaramó a la valla, sentándose en ella. Detrás había un gran campo de maíz, y a poca distancia descubrió un espantapájaros colocado en lo alto de un palo para ahuyentar a las aves del grano ya maduro.

Dorothy apoyó la barbilla en una mano y miró pensativa al espantapájaros. Su cabeza consistía en un pequeño saco relleno de paja, al que habían pintado ojos, nariz y boca. Llevaba encima un viejo y puntiagudo sombrero azul, que habría pertenecido a algún Munchkin, y el resto de la figura se componía de varias prendas azules, raídas y desteñidas, igualmente rellenas de paja. Las gastadas botas, con vueltas de color azul, eran como las que llevaban todos los hombres de aquel país. El espantapájaros asomaba por encima de las cañas de maíz, apoyado en el palo que tenía en la espalda.

Cuando Dorothy contemplaba con gran seriedad la extraña cara pintada de aquel personaje, se sorprendió al ver que uno de sus ojos le hacía un guiño. De momento creyó haberse equivocado, ya que ninguno de los espantapájaros de Kansas hacía semejante cosa, pero entonces la figura inclinó la cabeza con un gesto de simpatía. La niña bajó enseguida de la valla y se acercó al muñeco de paja mientras Toto se ponía a dar vueltas alrededor del palo, ladrando sin parar.

—Buenos días —dijo el Espantapájaros con voz cascada.

—¿Has hablado? —preguntó la niña, maravillada.

—Claro que sí —respondió el Espantapájaros—. ¿Cómo estás?

—Muy bien, gracias —dijo Dorothy, muy cortés—. ¿Y tú?

—Pues... yo no muy bien —contestó el Espantapájaros con una sonrisa—. Resulta muy pesado estar colgado aquí día y noche para ahuyentar a los cuervos.

—¿Y no puedes bajar de ahí? —preguntó Dorothy.

—No, porque el palo me sujeta la espalda. Si pudieras quitarlo, te estaría inmensamente agradecido.

Dorothy alzó los dos brazos y libró al muñeco de su palo, ya que al ser de paja pesaba muy poco.

—¡Muchísimas gracias! —exclamó el Espantapájaros, tan pronto como se vio en el suelo—. Me siento un hombre nuevo.

Dorothy le miraba asombrada, porque era muy extraño oír hablar a un muñeco relleno de paja y verle saludar y caminar a su lado.

—¿Quién eres tú? —preguntó entonces el Espantapájaros, después de estirarse y bostezar—. ¿Y adónde vas?

—Me llamo Dorothy —dijo la niña— y voy a la Ciudad Esmeralda para pedirle al Gran Oz que me devuelva a Kansas.

—¿Dónde está la Ciudad Esmeralda? —inquirió el Espantapájaros—. ¿Y quién es Oz?

—¿Cómo? ¿Acaso no lo sabes? —preguntó a su vez la niña, llena de sorpresa.

—No... Yo no sé nada. Como ves, estoy relleno de paja y no tengo cerebro —contestó, muy triste.

—¡Oh, cuánto lo siento! —dijo Dorothy.

—¿Crees que si yo fuese contigo a la Ciudad Esmeralda, el Gran Oz me daría un poco de cerebro?

—No puedo decírtelo —repuso Dorothy—, pero de todas maneras puedes acompañarme. Si Oz no te da cerebro, tampoco estarás peor que ahora.

—Eso es cierto —asintió el Espantapájaros, y agregó en tono confidencial—: a mí no me importa tener el cuerpo, las piernas y los brazos rellenos de paja, porque así nada me duele. Si alguien me pisa los dedos de los pies o me pincha con algo, ni me entero. En cambio, no me gusta que la gente me llame tonto, pero si mi cabeza está llena de paja, en vez de tener cerebro como la tuya, ¿cómo quieres que sepa nunca nada?

—Te comprendo —dijo la niña, que sentía sincera pena por él—. Si vienes conmigo, pediré a Oz que haga todo lo que pueda por ti.

—Gracias —contestó el Espantapájaros, contento.

Volvieron al camino, Dorothy le ayudó a saltar la valla, y juntos continuaron por la carretera de ladrillos dorados que conducía a la Ciudad Esmeralda.

A Toto no le hizo ninguna gracia el nuevo compañero. Olfateó al hombre relleno de paja por todos lados, como si sospechara que en su interior pudiese haber un nido de ratas, y le dirigió más de un gruñido de antipatía.

—No tengas miedo de Toto —dijo Dorothy al Espantapájaros—. Nunca muerde.

—No le tengo miedo —repuso el muñeco—, porque no podría hacer daño a la paja. Y ahora déjame llevar tu cesta. Yo no me canso. Te confiaré un secreto —dijo, mientras caminaban—. Solo hay una cosa en el mundo que me asuste.

—¿Qué es? —le preguntó Dorothy—. ¿Quizá el granjero Munchkin que te hizo?

—No —susurró el Espantapájaros—. ¡Una cerilla encendida!

Capítulo Cuatro

El camino a través del bosque

Al cabo de unas horas, el camino se hizo escabroso, y avanzar por él era tan difícil que el Espantapájaros tropezaba con frecuencia con los ladrillos amarillos, ahora muy desiguales. A veces, los ladrillos estaban rotos o faltaban, formando agujeros que Toto salvaba de un salto y Dorothy rodeaba. Pero el Espantapájaros, que carecía de entendimiento, seguía adelante, metía el pie en los agujeros y caía tan largo como era sobre los duros ladrillos. Sin embargo, nunca se hacía daño, y cuando

Dorothy le ayudaba a levantarse, él se reía alegremente de su propia torpeza.

Las granjas que veían ahora no estaban tan bien cuidadas como las anteriores. Había menos casas y menos árboles frutales, y a medida que avanzaban el paisaje resultaba cada vez más triste y solitario.

A mediodía se sentaron a un lado del camino, junto a un arroyuelo. Dorothy abrió la cesta y sacó un poco de pan. Ofreció un trozo al Espantapájaros, pero este lo rechazó.

—Nunca tengo hambre —explicó—. Y es una suerte que así sea, porque mi boca solo está pintada, y si hiciera un agujero en ella para poder comer, saldría la paja de que estoy relleno, y eso estropearía la forma de mi cabeza.

Dorothy comprendió enseguida que tenía razón, por lo que se limitó a asentir y siguió comiendo su pedazo de pan.

—Cuéntame algo de ti y del país de donde vienes —dijo el Espantapájaros en cuanto ella hubo acabado de comer.

Dorothy le habló de Kansas, de lo gris que allí era todo, y de cómo el huracán había trasladado la casa al extraño país de Oz. El Espantapájaros escuchó con atención y luego dijo:

—No entiendo por qué quieres abandonar este mundo tan bonito y regresar a ese lugar tan seco y gris que tú llamas Kansas.

—Eso es porque no tienes cerebro —contestó la niña—. Por muy aburrido y gris que sea el lugar en que vivimos, las personas de carne y hueso lo preferimos a cualquier otro país, por muy hermoso que este sea. No existe ningún sitio comparable al propio hogar.

El Espantapájaros suspiró.

—Yo no puedo entenderlo, claro —dijo—. Si vuestras cabezas estuviesen rellenas de paja, como la mía, todos vosotros viviríais probablemente en lugares preciosos, y en Kansas no quedaría nadie. Es una suerte para Kansas que tengáis cerebro.

—¿Por qué no me cuentas algo mientras descansamos? —preguntó la niña.

El Espantapájaros la miró con gesto de reproche y contestó:

—Mi vida ha sido tan corta que en realidad no sé nada de nada. Me hicieron anteayer. Ignoro lo que pudo suceder antes de eso en el mundo. Por fortuna, una de las primeras cosas que hizo el granjero al fabricar mi cabeza fue pintarme orejas, y así pude enterarme de lo que sucedía. Le acompañaba otro Munchkin, y lo primero que oí fue que el granjero le decía:

»—¿Te gustan estas orejas?

»—Están torcidas —contestó el otro.

»—No importa —indicó el granjero—. Al fin y al cabo, son dos orejas —lo cual era cierto.

»—Ahora voy a pintarle los ojos —dijo el granjero.

»Y me puso el ojo derecho. Cuando hubo terminado, me encontré mirándole a él y a todo lo que me rodeaba con gran curiosidad, porque era la primera ojeada que le echaba al mundo.

»—Te ha salido un ojo muy bonito —comentó el hombrecillo que acompañaba al granjero—. El azul es el color que corresponde a los ojos.

»—Me parece que le pintaré el otro más grande —dijo el campesino.

»Y, en efecto, en cuanto tuve el segundo ojo vi mucho mejor que antes. Después me pintó la nariz y la boca, aunque yo no hablé, porque entonces aún no sabía para qué sirve la boca. Me divirtió mucho observar cómo formaban mi cuerpo, mis brazos y mis piernas, y cuando por fin me sujetaron la cabeza me sentí muy orgulloso porque pensé que era un hombre como los demás.

»—Este tipo espantará rápidamente a los pajarracos —dijo el granjero—. Parece un hombre de verdad.

»—¡Es que lo es! —exclamó el otro.

»Y yo estuve de acuerdo con él.

»Entonces, el granjero me trasladó bajo el brazo al maizal y me plantó en ese palo que has visto. Poco después, él y su amigo se fueron y me quedé solo.

»No me gustó nada que me dejaran de esa manera, así que traté de seguirles, pero mis pies no llegaban al suelo y tuve que permanecer enganchado en el palo. Mi vida era muy solitaria, ya que, como hacía tan poco tiempo que me habían hecho, no tenía nada en que pensar. Muchos cuervos y otros pájaros se acercaban al campo, pero al verme se alejaban enseguida volando. Me tomaban por un Munchkin, y eso me satisfacía mucho y me hacía sentir una persona importante. Pero luego se me acercó un viejo cuervo y, después de examinarme con detención, se posó en mi hombro y dijo:

»—Cómo es posible que ese granjero pensara que me iba a asustar de una manera tan tonta. Todo cuervo con sentido común puede ver que solo eres un muñeco relleno de paja.

»Luego saltó a mis pies y picoteó todo el grano que le vino en gana. También los demás pájaros se aproximaron al ver que al cuervo no le había ocurrido nada, de modo que al poco rato me rodeaba una bandada entera.

»Eso me entristeció mucho, porque demostraba que, al fin y al cabo, yo no era tan buen espantapájaros. Pero el viejo cuervo me consoló diciendo:

»—Si tuvieras sesos en la cabeza, serías tan hombre como cualquiera de ellos, y quizá mejor. Lo único que vale la pena tener en este mundo es cerebro, tanto si eres un cuervo como un hombre.

»En cuanto los pájaros se hubieron marchado, reflexioné

sobre sus palabras y decidí hacer todo lo posible para conseguir cerebro. Por suerte pasaste tú por el camino y me arrancaste de aquella estaca, y por lo que cuentas creo que el Gran Oz me dará cerebro apenas lleguemos a la Ciudad Esmeralda.

—Así lo espero yo también —asintió Dorothy, muy en serio—, ya que tanto lo deseas.

—¡Sí que lo deseo! —insistió el Espantapájaros—. Es muy desagradable sentirse un tonto.

—Sigamos adelante —dijo la niña.

Y entregó la cesta al Espantapájaros.

Ahora ya no había vallas a los lados del camino, y la tierra se veía árida y abandonada. Al atardecer llegaron a un frondoso bosque de árboles tan enormes y tan juntos que sus ramas se tocaban por encima del camino de ladrillos amarillos. Reinaba bajo los árboles una oscuridad casi total, porque las ramas no dejaban pasar la luz del día. Pero los viajeros no se detuvieron, sino que se adentraron en la espesura.

—Si el camino tiene una entrada, también tendrá una salida —dijo el Espantapájaros—, y dado que la Ciudad Esmeralda se halla al otro extremo del camino, tenemos que seguirlo hasta donde nos lleve.

—Eso lo sabría cualquiera —contestó Dorothy.

—Exactamente. Por eso lo sé yo —replicó el Espantapájaros—. Si para imaginárselo hiciese falta cerebro, yo nunca podría haberlo dicho.

Una hora más tarde la luz diurna se desvaneció y se encontraron avanzando a tropezones en la oscuridad. La niña no veía absolutamente nada, pero sí Toto, ya que ciertos perros ven muy bien de noche, y el Espantapájaros declaró que sus ojos le servían tanto como en pleno día. Así pues, Dorothy se agarró a su brazo y pudo caminar bastante bien.

—Si distingues una casa o algún lugar donde pasar la noche, avísame —dijo—, porque esto de andar en tinieblas no es nada cómodo.

El Espantapájaros no tardó en pararse.

—Veo una cabaña a nuestra derecha, construida con troncos y ramas. ¿Vamos allá?

—¡Sí, desde luego! —contestó la chiquilla—. Estoy rendida.

El Espantapájaros la condujo a través de los árboles, hasta la casita. Dorothy entró y vio un lecho de hojas secas en un rincón. Se acostó allí de inmediato y, con Toto a su lado, pronto cayó profundamente dormida. El Espantapájaros, que nunca se cansaba, permaneció de pie en otro rincón, aguardando con paciencia a que llegara la mañana.

Capítulo Cinco

La liberación del Leñador de Hojalata

Cuando Dorothy despertó, el sol brillaba entre los árboles y Toto llevaba ya mucho rato persiguiendo a pájaros y ardillas. Allí seguía el Espantapájaros, sin moverse de su rincón, esperando pacientemente a la niña.

—Hemos de salir a buscar agua —dijo la pequeña.

—¿Para qué quieres agua? —preguntó el Espantapájaros.

—Para lavarme la cara y quitarme el polvo del camino,

pero también para beber, de modo que el pan seco no se me pegue a la garganta.

—Eso de ser de carne y hueso tiene muchos inconvenientes —comentó el Espantapájaros, pensativo—, pues necesitáis dormir, comer y beber. Sin embargo, vale la pena cargar con todas esas molestias a cambio de poseer cerebro y saber pensar...

Dejaron la cabaña y anduvieron entre los árboles hasta descubrir una fuente de agua cristalina, donde Dorothy bebió, se bañó y tomó su desayuno. Vio luego que no quedaba mucho pan en la cesta y se alegró de que el Espantapájaros no necesitara comer, porque apenas era suficiente para pasar el día ella y Toto.

Cuando hubo acabado el desayuno y se disponía a volver al camino de ladrillos amarillos, quedó atónita al oír un profundo gemido muy cerca de donde estaban.

—¿Qué ha sido eso? —preguntó temerosa.

—No puedo imaginármelo —contestó el Espantapájaros—, pero vayamos a ver.

En ese mismo instante oyeron otro gemido. Dieron la vuelta y caminaron unos cuantos pasos por el bosque hasta que Dorothy descubrió algo que relucía bajo un rayo de sol que penetraba entre los árboles. Corrió hacia allá y, de repente, se detuvo con un grito de sorpresa.

Uno de los grandes árboles estaba medio cortado, y junto a él, con un hacha levantada en las manos, había un hombre hecho todo él de hojalata. Tenía la cabeza, los brazos y las piernas unidas al cuerpo, pero permanecía completamente inmóvil, como si no pudiera hacer movimiento alguno.

Dorothy le miró boquiabierta, y lo mismo hizo el Espantapájaros, mientras que Toto ladraba furioso; incluso le hincó los dientes en las piernas de lata, pero solo consiguió hacerse daño él mismo.

—¿Eres tú quien se ha quejado? —preguntó Dorothy.

—Sí —contestó el Leñador de Hojalata—. He sido yo. Llevo un año quejándome, y nadie me había oído ni acudido en mi ayuda hasta ahora.

—¿Qué puedo hacer por ti? —quiso saber Dorothy con dulzura, emocionada por la triste voz de aquel hombre.

—Ve en busca de una aceitera y engrásame las articulaciones —contestó él—. Están tan oxidadas que no puedo moverlas. En cuanto esté engrasado, no tardaré en volver a sentirme bien. Encontrarás la aceitera sobre una repisa de mi cabaña.

Dorothy fue corriendo a la cabaña y encontró la aceitera, y al regresar le preguntó con ansiedad al Leñador de Hojalata:

—¿Dónde tienes las articulaciones?

—Empieza por engrasarme el cuello —dijo el Leñador de Hojalata.

Así lo hizo Dorothy, pero estaba tan herrumbroso que el Espantapájaros tuvo que sujetar la cabeza de lata y moverla con cuidado de un lado a otro hasta que perdió la rigidez y el hombre pudo girarla solo.

—Ahora engrasa las articulaciones de mis brazos —dijo este.

Y Dorothy las engrasó mientras el Espantapájaros las movía cuidadosamente de lado a lado hasta que estuvieron libres de óxido y quedaron como nuevas.

El Leñador de Hojalata dio un suspiro de alivio y bajó el hacha, que apoyó en el árbol.

—¡Ay, qué alivio! —exclamó—. Llevo sosteniendo el hacha en el aire desde que me oxidé, y es una gran satisfacción poder bajarla de nuevo. Si ahora queréis engrasarme las articulaciones de las piernas, volveré a estar tan bien como antes.

Así pues, procedieron a untar sus piernas hasta que las pudo mover a gusto, y el hombre les dio las gracias una y otra

«"¡Ay, qué alivio!", exclamó el Leñador de Hojalata.»

vez por la ayuda prestada. Era sin duda una criatura educada, que sabía agradecer un favor.

—Podía haberme quedado ahí para siempre si no acertáis a pasar —dijo—, de modo que me habéis salvado la vida. ¿Cómo habéis llegado a estos lugares?

—Nos dirigimos a la Ciudad Esmeralda, para ver al Gran Oz —respondió Dorothy—, y nos detuvimos en tu cabaña para pasar la noche.

—¿Para qué queréis ver a Oz?

—Yo deseo pedirle que me devuelva a Kansas, y el Espantapájaros quisiera tener un poquito de cerebro en su cabeza —explicó la niña.

El Leñador de Hojalata pareció reflexionar a fondo durante unos momentos, y por fin dijo:

—¿Creéis que Oz podría darme un corazón?

—¿Por qué no? —repuso Dorothy—. Será tan fácil como dar cerebro al Espantapájaros.

—Tienes razón —asintió el Leñador de Hojalata—. Entonces, si me permitís unirme a vuestro grupo, os acompañaré a la Ciudad Esmeralda y pediré ayuda a Oz.

—¡Sí, ven con nosotros! —dijo el Espantapájaros con entusiasmo, y Dorothy añadió que también ella estaría encantada con su compañía.

Así fue como el Leñador de Hojalata se echó el hacha al hombro, y todos juntos atravesaron el bosque hasta llegar al camino de ladrillos amarillos.

El Leñador de Hojalata le había pedido a Dorothy que llevara la aceitera en su cesta.

—Porque —explicó— si llueve y me mojo, volveré a oxidarme y necesitaré con urgencia el aceite.

Fue una suerte para todos que el nuevo amigo formara parte del grupo, porque a poco de reemprender el viaje llegaron a un lugar donde los árboles y las ramas formaban una espesura que los caminantes no podían atravesar. Entonces, el Leñador de Hojalata blandió su hacha y no tardó en abrir un sendero.

Dorothy iba tan distraída con sus propios pensamientos que no se dio cuenta de que el Espantapájaros tropezó en un agujero y fue a parar rodando hasta el otro lado del camino. Tuvo que llamarla él mismo, para que le ayudara a levantarse.

—¿Y por qué no rodeaste el agujero? —preguntó el Leñador de Hojalata.

—No sé bastante… —contestó el Espantapájaros, divertido—. Mi cabeza está rellena de paja, como sabes, y si voy a ver a Oz es para pedirle un poquito de cerebro.

—Ah, ya comprendo —dijo el Leñador de Hojalata—. Sin embargo, tener cerebro no es lo más importante del mundo.

—¿Tienes tú? —inquirió el Espantapájaros.

—No, mi cabeza está vacía —contestó el Leñador de Hojalata—, pero en su día tuve cerebro y también corazón, y te digo que, habiendo probado ambas cosas, siempre elegiría el corazón.

—¿Por qué?

—Te contaré mi historia, y entonces lo entenderás.

Y así, el Leñador de Hojalata relató la siguiente historia mientras caminaban por el bosque:

—Mi padre era un leñador que cortaba árboles en el monte y se ganaba la vida con la venta de la madera. También yo fui leñador, cuando crecí, y al morir mi padre cuidé de mi madre mientras vivió. Después me dije que, para no seguir solo, me casaría.

»Había una muchacha Munchkin tan guapa que pronto me enamoré de ella con todo mi corazón. Ella, por su parte, prometió casarse conmigo tan pronto como yo ganara el dinero suficiente para construirle una casa mejor. De modo que me puse a trabajar con más ahínco que nunca. Pero la muchacha vivía con una vieja que no quería que se casara con nadie, porque era una perezosa y le convenía que la chica cocinara y mantuviera la casa en orden. Entonces, la vieja fue a ver a la Malvada Bruja del Este y le prometió dos ovejas y una vaca si impedía el casamiento. En el acto, la bruja encantó mi hacha, y cuando yo me hallaba cortando leña con más bríos que nunca, porque ansiaba tener la nueva casa y convertir lo antes posible a la bonita muchacha en mi mujer, el hacha resbaló de mi mano y me cortó la pierna izquierda.

»Al principio, esto me pareció una gran desgracia, porque sabía que un hombre con una sola pierna no podía ser un buen leñador. Así que fui a un hojalatero y le encargué una pierna de hojalata. La pierna me funcionaba la mar de bien, una vez me acostumbré a ella, pero mi decisión enfureció sobremanera a la Malvada Bruja del Este, ya que había prometido a la vieja que yo no me casaría con la bonita muchacha Munchkin. Cuando volví de nuevo a mi trabajo, el hacha se me escapó de la mano y me cortó la pierna derecha. Acudí otra vez al hojalatero y me hizo una segunda pierna de hojalata. En vista de esto, el hacha encantada me cortó los dos brazos, uno tras otro. Pero yo no me desanimé y los sustituí por brazos de hojalata. Entonces, la endemoniada Bruja ordenó al hacha que me cortara la cabeza. Al principio creí que aquel sería mi final, pero el hojalatero acertó a pasar por allí y me hizo una nueva cabeza de hojalata.

»Pensé que había vencido definitivamente a la Malvada Bruja del Este y me puse a trabajar con más ahínco que nunca. Pero poco imaginaba yo lo cruel que podía llegar a ser mi enemiga. Ideó una nueva manera de matar mi amor hacia la hermosa joven Munchkin e hizo que mi hacha resbalara otra vez, de forma que ahora me partió el cuerpo en dos. Nuevamente vino en mi ayuda el hojalatero y me fabricó un cuerpo de hojalata, al que sujetó mis brazos y mis piernas mediante articulaciones para que yo pudiera moverme como antes. Pero... ¡ay de mí! Ya no tenía corazón, de modo que no sentía cariño alguno hacia la muchacha y me resultaba indiferente casarme con ella o no. Supongo que aún seguirá viviendo con esa vieja, esperando que vaya a buscarla.

»Mi cuerpo brillaba tanto a la luz del sol que estaba muy orgulloso de él y poco me preocupaba que el hacha se me resbalara, porque no podía cortarme. Solo había un riesgo: que mis articulaciones se oxidaran. Por eso guardaba una aceitera en mi cabaña y me engrasaba cuando me hacía falta. Sin embargo llegó un día en que olvidé ponerme aceite, me vi de repente en medio de un gran chubasco y, antes de que pudiese darme cuenta del peligro, mis articulaciones se habían oxidado, y tuve que quedarme en el bosque hasta que vosotros llegasteis en mi ayuda. Fue horrible, pero durante el año que allí pasé tuve tiempo de pensar que lo peor que me había ocurrido era la pérdida de mi corazón. Mientras estaba enamorado era el hombre más feliz de la tierra, pero nadie puede amar si no tiene corazón. Por eso estoy decidido a pedirle uno a Oz. Si me lo concede, iré en busca de la muchacha y me casaré con ella.

Tanto Dorothy como el Espantapájaros habían seguido la historia del Leñador de Hojalata con gran interés, y ahora comprendían por qué ansiaba tanto poseer un nuevo corazón.

—De cualquier forma —dijo el Espantapájaros—, yo prefiero pedir un cerebro, porque un tonto no sabría qué hacer con un corazón si lo tuviera.

—Pues yo elijo el corazón —repuso el Leñador de Hojalata—, ya que el cerebro no hace feliz a nadie, y la felicidad es lo mejor del mundo.

Dorothy no decía nada, pues se preguntaba cuál de sus dos amigos tendría razón, y al fin pensó que, si lograba volver a Kansas y a casa de su tía Em, poco importaría que el Leñador de Hojalata no tuviera cerebro y el Espantapájaros careciera de corazón, o que ambos consiguieran lo que deseaban.

Lo que más le preocupaba por el momento era que casi no le quedaba pan. Una comida más para Toto y ella, y la cesta se quedaría vacía. Ni el Leñador ni el Espantapájaros necesitaban comer nada, sin duda, pero ella no era de hojalata ni de paja, y no podía vivir sin alimentarse.

Capítulo Seis

El León Cobarde

Dorothy y sus compañeros llevaban largo tiempo caminando por los espesos bosques. El sendero continuaba siendo de ladrillos amarillos, pero cubrían el suelo muchas ramas secas y hojas muertas, y no resultaba nada fácil andar.

En aquella parte del bosque había pocos pájaros, porque a las aves les gusta el campo abierto, donde hay mucho sol. En cambio, de vez en cuando se oía el profundo gruñido de algún animal salvaje escondido entre los árboles. Tales sonidos hacían latir muy aprisa el corazón de la niña, porque no sabía quién los producía. Toto sí que se lo temía, y por eso no se apartaba del lado de Dorothy y ni siquiera contestaba con sus ladridos.

—¿Cuánto tardaremos en salir del bosque? —preguntó la niña al Leñador de Hojalata.

—No lo sé —fue la respuesta—, ya que nunca he estado en la Ciudad Esmeralda. Pero mi padre estuvo allí una vez, cuando yo era niño, y le oí contar que era un viaje largo por una región peligrosa, aunque cerca de la ciudad gobernada por Oz el paisaje es muy hermoso. Yo no tengo miedo, mientras lleve conmigo la aceitera, y nada ha de preocupar al Espantapájaros mientras tú lleves en la frente la señal del beso de la Buena Bruja, que te protegerá de todo mal.

—Pero... ¿y Toto? —exclamó la niña, angustiada—. ¿Qué le protegerá a él?

—Nosotros mismos tendremos que hacerlo si se ve en peligro —dijo el Leñador de Hojalata.

En ese mismo momento se oyó en las profundidades del bosque un terrible rugido y enseguida un gran león apareció de un salto en el camino. De un zarpazo hizo rodar al Espantapájaros al otro lado del sendero y luego atacó al Leñador de Hojalata con sus afiladas garras. Pero para gran sorpresa del animal, no pudo dejar señal alguna en la hojalata, pese a que el Leñador cayó al suelo y quedó inmóvil.

En cuanto Toto vio que tenía un enemigo a quien enfrentarse, corrió a ladrarle a la cara, y la enorme bestia ya abría la boca para morder al perro cuando Dorothy, por temor a que el león matara a Toto, se adelantó despreciando el peligro y, con toda su fuerza, abofeteó a la fiera en el hocico al tiempo que gritaba:

—¡No te atrevas a morder a Toto! ¡Deberías avergonzarte de atacar a un animalito tan pequeño, una bestia tan grande como tú!

—¡Yo no le he mordido! —dijo el León, frotándose con una pata el hocico dolorido.

—¡No, pero lo has intentado! —replicó la niña—. No eres más que un gran cobarde.

—Lo sé —confesó entonces el León, bajando la cabeza abochornado—. Siempre lo he sabido, pero... ¿qué puedo hacer para remediarlo?

—¡Y yo qué sé! ¡Pero mira que derribar a un hombre relleno de paja como el pobre Espantapájaros...!

—¿Relleno de paja? —exclamó el León, pasmado, observando cómo Dorothy ayudaba a ponerse de pie al Espantapájaros y volvía a darle forma con las manos.

—¡Pues claro que sí! —contestó la niña, todavía muy enfadada.

—¡Por eso ha caído tan fácilmente! —dijo el León—. Me asombró verle rodar de esa manera... ¿También el otro está relleno?

—No —repuso Dorothy—. Es de hojalata.

Y ayudó a levantarse al Leñador.

—¡Toma! Por eso casi me despunta las garras —indicó el León—. Cuando rasqué con las uñas la hojalata, sentí que un escalofrío me recorría la espalda. ¿Y qué es ese pequeño animal al que tanto pareces querer?

—Es mi perro Toto —respondió Dorothy.

—¿Está relleno de paja o es de lata? —quiso saber el León.

—Ni una cosa ni otra. Es un... un... perro de carne y hueso —dijo la niña.

—¡Oh! Es un animalito curioso y, mirándolo bien, se le ve muy chiquitín. ¡A nadie se le ocurriría morder a una cosa tan pequeña, excepto a un cobarde como yo! —prosiguió el León, entristecido.

—¿Y por qué motivo eres cobarde? —inquirió Dorothy,

sin dejar de contemplar atónita al enorme felino, que tenía el tamaño de un potro.

—Es un misterio —contestó el León—. Debí de nacer así. Todos los demás animales esperan de mí que sea valiente, como es lógico, ya que en todas partes el león es considerado como el Rey de la Selva. Aprendí que si rugía con gran fuerza todo ser viviente se espantaba y se apartaba de mi camino. Cada vez que me encontraba con un hombre sentía un miedo terrible, pero me bastaba con soltar un rugido para ver cómo salía corriendo. Y escaparía si los elefantes, los tigres o los osos intentaran atacarme, porque soy muy cobarde; pero apenas me oyen rugir, todos procuran escapar de mí, y yo, claro, les dejo escaparse.

—Pues eso no está bien. El Rey de la Selva no debería ser un cobarde —señaló el Espantapájaros.

—Lo sé —admitió el León, mientras se enjugaba una lágrima con la punta del rabo—. Esa es mi gran pena, y me hace muy desgraciado. Pero en cuanto huelo el peligro, mi corazón empieza a latir como un loco.

—Quizá estés enfermo del corazón —dijo el Leñador de Hojalata.

—Tal vez —contestó el León.

—Pues si así fuera, podrías considerarte afortunado —continuó el Leñador—, porque significaría que tienes corazón. Yo, por mi parte, no lo tengo, de modo que no puedo enfermar del corazón.

—Quizá, si no tuviera corazón no sería un cobarde —dijo el León, pensativo.

—¿Y tienes cerebro?

—Supongo, aunque nunca lo he mirado —contestó el León.

—Yo voy en busca del Gran Oz para pedirle que me dé

un poco —declaró el Espantapájaros—, porque mi cabeza está rellena de paja.

—Y yo voy a pedirle que me dé un corazón —añadió el Leñador de Hojalata.

—Pues yo voy a pedirle que nos devuelva a Kansas a Toto y a mí —dijo también Dorothy.

—¿Creéis que Oz podría darme valor? —preguntó el León Cobarde.

—Con tanta facilidad como a mí puede darme cerebro —contestó el Espantapájaros.

—O darme a mí un corazón —dijo el Leñador de Hojalata.

—O enviarme a mí a Kansas —agregó la niña.

—En tal caso, si no os importa, iré con vosotros —propuso el León—, porque mi vida me resulta insoportable sin un poco de valor.

—¡Bienvenida sea tu compañía! —exclamó Dorothy—. Tu presencia servirá para ahuyentar a las demás fieras. ¿Y sabes qué te digo? ¡Que me parece que ellas han de ser todavía más cobardes que tú si se dejan asustar tan fácilmente!

—Pues sí que lo son —dijo el León—, pero eso no me hace a mí más valiente, y seré desgraciado mientras me sepa tan cobarde.

Y así, el pequeño grupo reanudó su camino, y el León avanzó con majestuosos pasos al lado de Dorothy. Al principio, a Toto no le hacía ninguna gracia el nuevo compañero ya que no podía olvidar que había estado a punto de verse machacado por sus poderosas fauces, pero poco después se tranquilizó y al cabo de un rato Toto y el León Cobarde acabaron haciéndose buenos amigos.

Durante el resto de la jornada no hubo ninguna otra aventura que turbara la paz de su viaje. Lo cierto es que en una ocasión el Leñador de Hojalata pisó a un pobre escarabajo que pasaba por el sendero y lo mató. Eso le causó un gran disgusto, porque siempre procuraba no hacer daño a ninguna criatura viviente, y cuando siguió adelante derramó unas cuantas lágrimas de pena y remordimiento. Esas lágrimas resbalaron poco a poco por su cara hasta los goznes de su mandíbula, y la oxidaron. Cuando luego Dorothy quiso preguntar algo al Leñador, este no pudo abrir la boca. La tenía oxidada. Su dueño se alarmó mucho y quiso dárselo a entender a Dorothy mediante una serie de gestos, pero la niña no le entendía. También el León se preguntaba, extrañado, lo que sucedía. Fue el Espantapájaros quien sacó de la cesta de Dorothy la aceitera y engrasó las mandíbulas del pobre Leñador, de modo que poco después pudo volver a hablar tan bien como antes.

—Esto me servirá de lección para mirar dónde pongo el pie —dijo—. Porque si aplasto otro escarabajo o a una cucaracha lloraré de nuevo y las lágrimas oxidarán mis mandíbulas impidiéndome hablar.

A partir de entonces caminó con precaución, fijándose en el suelo, y si veía avanzar penosamente una hormiguita, pasaba por encima de ella para no hacerle daño. El Leñador de Hojalata sabía de sobra que no tenía corazón, y por eso ponía gran cuidado en no ser nunca cruel ni duro con ningún ser viviente.

—Vosotros, los que poseéis corazón —dijo—, contáis con algo que os guía, y no tenéis por qué obrar mal. Yo, en cambio, no poseo corazón, y por eso debo ir con gran cuidado. Cuando Oz me conceda el corazón viviré mucho más tranquilo.

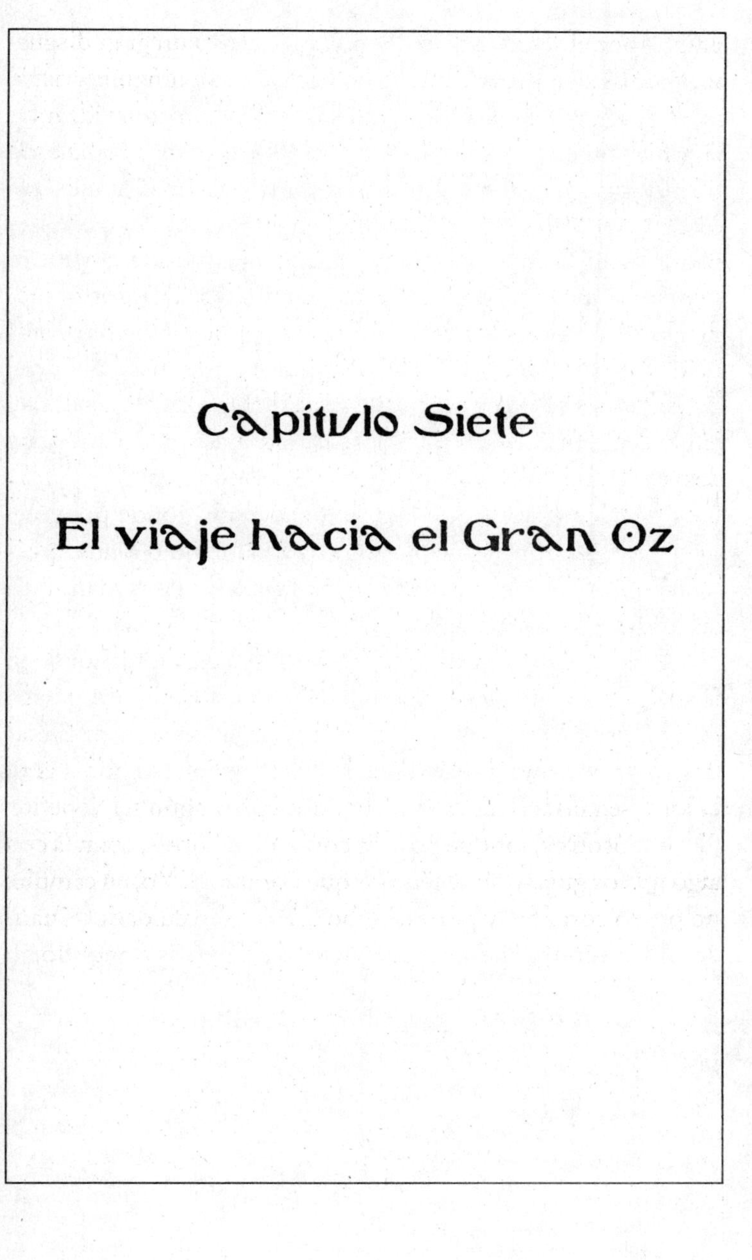

Capítulo Siete

El viaje hacia el Gran Oz

Tuvieron que pasar la noche bajo un gran árbol en el bosque, ya que no había ninguna casa en las cercanías. El árbol les ofrecía una excelente protección contra el relente de la noche, y el Leñador de Hojalata cortó un buen montón de leña con su hacha, de modo que Dorothy pudo encender un hermoso fuego que la hacía sentirse menos sola. Ella y Toto acabaron el último trozo de pan mientras la niña se preguntaba qué tomarían al día siguiente para el desayuno.

—Si lo deseas —dijo el León—, puedo internarme en el bosque y matar un cervatillo para que lo ases en el fuego, ya que vuestros gustos son tan especiales que preferís los alimentos cocidos, y entonces tendrás un desayuno estupendo.

—¡Oh, no, por favor! —suplicó el Leñador—. Me harás llorar si matas a un pobre cervatillo, y mis mandíbulas volverán a oxidarse.

El León desapareció en el bosque y encontró su propia cena, aunque nadie supo jamás lo que fue, ya que él se guardó bien de decirlo. El Espantapájaros descubrió un árbol cargado de nueces y llenó con ellas la cesta de Dorothy para que la niña no pasara hambre mucho tiempo. La pequeña pensó que aquello era muy amable por parte del Espantapájaros, aunque se moría de risa viendo cómo el pobrecillo cogía las nueces. Sus manos rellenas de paja eran tan torpes, y las nueces tan pequeñas, que se le caían al suelo casi tantas como las que lograba meter en la cesta. Pero al Espantapájaros no le importaba pasar mucho tiempo dedicado a reunir nueces, ya que ese trabajo le permitía mantenerse alejado del fuego y... ¡tenía tanto miedo de que una chispa prendiera en la paja y le quemara! Así pues, permaneció a una prudente distancia de las llamas y solo volvió para cubrir a Dorothy con hojas secas cuando la niña se tendió en el suelo para descansar. Gracias a esas hojas la pequeña se sintió abrigada y calentita y durmió como un tronco hasta la mañana siguiente.

En cuanto se hizo de día, Dorothy se refrescó la cara en un riachuelo cantarín, y poco después todos partieron en dirección a la Ciudad Esmeralda.

Aquella jornada iba a estar llena de acontecimientos para los viajeros. No debían de llevar ni una hora andando cuando vieron ante ellos una profunda zanja que atravesaba el camino y dividía el bosque hasta donde alcanzaba la vista. Era una zanja muy ancha y, cuando se aproximaron al borde, descubrieron que en su fondo abundaban las rocas puntiagudas. Además, las paredes eran tan empinadas que no se podía descender y, por un momento, temieron que su viaje hubiera terminado.

—¿Qué haremos? —exclamó Dorothy, desesperada.

—No tengo ni la menor idea —dijo el Leñador de Hojalata.

El León sacudió su lanuda melena y puso cara de preocupación. Pero el Espantapájaros dijo:

—Es cierto que no podemos volar. Tampoco podemos descender a esa zanja tan honda. Por lo tanto, si no hay manera de saltar al otro lado, tendremos que quedarnos donde estamos.

—Creo que yo podría saltar al otro lado —dijo entonces el León Cobarde, tras calcular cuidadosamente la distancia.

—En ese caso estaremos salvados —indicó el Espantapájaros—, porque tú podrás pasarnos a todos a lomos, uno tras otro.

—Está bien, lo intentaré —repuso el León—. ¿Quién quiere ser el primero?

—Yo —declaró el Espantapájaros—. Porque si no pudieras saltar la zanja, Dorothy se mataría, o el Leñador de Hojalata se abollaría contra las rocas del fondo. En cambio, conmigo no hay tanto peligro, porque aunque cayese no me haría ningún daño.

—El que tiene un miedo terrible de caer soy yo mismo —dijo el León—, pero supongo que no me queda más remedio que intentarlo. Monta en mi espalda y lo intentaremos.

El Espantapájaros subió a lomos del León, y el enorme animal se acercó al borde del barranco y se agachó.

—¿Por qué no coges carrerilla y saltas? —preguntó el Espantapájaros.

—Porque los leones lo hacemos de otra manera —contestó el felino.

Y dando un gran salto, se lanzó a través del aire y aterrizó sano y salvo al otro lado. Todos sintieron una inmensa alegría al ver lo bien que lo había hecho. En cuanto el Espantapájaros bajó de su lomo, el León volvió a cruzar el barranco de un brinco.

Dorothy decidió que sería la próxima. Tomó en brazos a Toto y subió a lomos del León, agarrándose fuertemente a su melena con una mano. Al instante le pareció volar por los aires y luego, antes de que pudiera darse cuenta, se encontró depositada al otro lado. El León regresó por tercera vez y transportó al Leñador de Hojalata, y por fin se sentaron todos para que el felino descansase ya que sus grandes saltos le habían dejado sin aliento y jadeaba como un perro grande que hubiera corrido demasiado.

Les pareció que, al otro lado de la zanja, el bosque era muy espeso y sombrío. En cuanto el León hubo descansado, continuaron por el camino de ladrillos amarillos. Todos se preguntaban en silencio si alguna vez saldrían de aquel bosque y volverían a ver la luz del sol. Para mayor preocupación, no tardaron en percibir unos ruidos extraños en las profundidades del bosque. El León les susurró que se trataba de los Kalidahs, que vivían en aquella zona del país.

—¿Qué son los Kalidahs? —preguntó la niña.

—Son unas bestias monstruosas, con cuerpo de oso y cabeza de tigre —explicó el León—. Sus garras son tan largas y afiladas que podrían partirme en dos con la misma facilidad con que yo podría matar a Toto. Los Kalidahs dan un miedo terrible.

—No me extraña —dijo Dorothy—. Deben de ser espantosos.

El León se disponía a contestar cuando de repente llegaron ante otro barranco en mitad del camino, pero era tan ancho y profundo que el felino comprendió enseguida que no podrían cruzarlo.

Así pues, se sentaron a considerar lo que convenía hacer y, después de mucho pensar, dijo el Espantapájaros:

—En el borde del barranco hay un árbol muy alto. Si el Leñador de Hojalata logra derribarlo con su hacha, de forma que caiga hacia el otro lado, nos servirá de puente.

—Es una gran idea —dijo el León—. Cualquiera diría que tienes cerebro en la cabeza, en lugar de paja.

El Leñador de Hojalata se puso manos a la obra, y su hacha estaba tan afilada que pronto el árbol estuvo casi cortado. Entonces el León apoyó sus robustas patas delanteras contra el tronco, empujó con toda su fuerza y, lentamente, el gran árbol se inclinó y cayó con gran estrépito a través del barranco, con las ramas superiores en el otro borde del abismo.

Empezaban a pasar por el improvisado puente cuando un escalofriante gruñido les hizo levantar la vista, y con gran horror vieron correr hacia ellos dos imponentes bestias con cuerpo de oso y cabeza de tigre.

—¡Son los Kalidahs! —exclamó el León Cobarde, echándose a temblar.

—¡Aprisa! —gritó el Espantapájaros—. ¡Crucemos al otro lado!

Dorothy lo hizo en primer lugar, con Toto en brazos; la siguió el Leñador de Hojalata, y detrás pasó el Espantapájaros. Pese al temor que sin duda sentía, el León se quedó atrás para hacer frente a los monstruos y soltó un rugido tan sonoro y espantoso que Dorothy chilló y el Espantapájaros se cayó de espaldas, y hasta los dos monstruos se detuvieron y miraron a su enemigo llenos de sorpresa.

Pero al ver que eran más grandes que el León, y recordando que eran dos contra uno, los Kalidahs continuaron avanzando. El León cruzó el puente, no sin volver la cabeza para ver qué hacían sus perseguidores. Sin pararse un instante, los monstruos empezaron a avanzar también por el tronco, por lo que el León le dijo a Dorothy:

—Estamos perdidos. Esos monstruos nos destrozarán con sus garras. Pase lo que pase, manteneos detrás de mí, y yo lucharé contra ellos mientras me quede vida.

—¡Un momento! —gritó entonces el Espantapájaros.

Había estado reflexionando sobre lo que convenía hacer y pidió al Leñador de Hojalata que cortase el extremo del árbol que había caído sobre su lado del abismo. El Leñador de Hojalata utilizó enseguida el hacha y, en el preciso instante en que las dos bestias se acercaban por el tronco, este cayó con estruendo al barranco y arrastró consigo a los horribles monstruos, que se estrellaron contra las puntiagudas piedras del fondo.

—Bueno —jadeó el León, soltando un largo suspiro de alivio—. Veo que vamos a continuar con vida un poco más, y me alegro, porque eso de estar muerto debe de ser muy poco agradable. Mi corazón todavía late sobresaltado de tanto como me asustaron esas bestias.

—¡Ojalá tuviese yo un corazón, para que me latiera! —exclamó el Leñador de Hojalata, con gran tristeza.

Esta aventura hizo que los viajeros sintieran aún más ansias de salir de la espesura, y caminaron tan aprisa que Dorothy se fatigó y tuvo que montar a lomos del León. Por fortuna, el bosque se iba haciendo menos espeso a medida que avanzaban, y por la tarde se hallaron de repente ante un ancho río que fluía rápidamente ante ellos. En la orilla de enfrente, el camino de ladrillos amarillos proseguía por un paisaje precioso, lleno de verdes prados salpicados de flores, y a ambos lados del sendero crecían árboles cargados de deliciosas frutas. Estaban encantados de ver ante ellos un lugar tan bonito.

—¿Cómo atravesaremos el río? —preguntó la niña.

—Eso es fácil —dijo el Espantapájaros—. El Leñador de Hojalata puede construirnos una balsa para cruzarlo.

El Leñador de Hojalata alzó su hacha y empezó a cortar árboles pequeños para hacer la balsa, y mientras estaba ocupado en ello, el Espantapájaros encontró cerca un árbol lleno de rica fruta. Eso alegró mucho a Dorothy, que en todo el día no había comido más que nueces y ahora pudo satisfacer su apetito con la fruta madura.

Sin embargo, la construcción de una balsa requiere su tiempo, aunque uno sea tan trabajador e incansable como el Leñador de Hojalata, y cuando llegó la noche aún no estaba a punto. Así que buscaron un rincón acogedor entre los árboles y durmieron a pierna suelta hasta la mañana siguiente. Dorothy soñó con la Ciudad Esmeralda y con el buen Mago de Oz, que pronto la devolvería otra vez a su casa.

Capítulo Ocho

El mortífero campo de amapolas

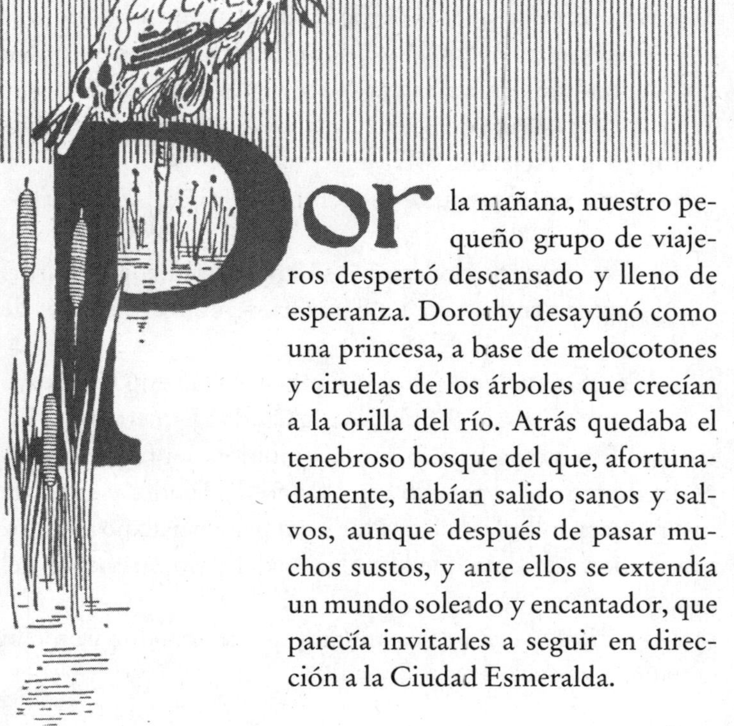

Por la mañana, nuestro pequeño grupo de viajeros despertó descansado y lleno de esperanza. Dorothy desayunó como una princesa, a base de melocotones y ciruelas de los árboles que crecían a la orilla del río. Atrás quedaba el tenebroso bosque del que, afortunadamente, habían salido sanos y salvos, aunque después de pasar muchos sustos, y ante ellos se extendía un mundo soleado y encantador, que parecía invitarles a seguir en dirección a la Ciudad Esmeralda.

Claro que el río les separaba todavía del hermoso país, pero la balsa estaba casi terminada y, en cuanto el Leñador de Hojalata hubo cortado algunos troncos más y los sujetó todos con travesaños de madera, pudieron partir. Dorothy iba sentada en el centro de la balsa, con el perrito en sus brazos. Cuando el León subió a la balsa, esta se ladeó terriblemente, porque era grandote y pesado, pero el Leñador de Hojalata y el Espantapájaros se situaron en el otro extremo para mantener el equilibrio, y con largos palos empujaron la balsa a través de las aguas.

Al principio todo iba bien, pero cuando llegaron al centro del río fueron arrastrados por la corriente, que los alejó cada vez más del camino de ladrillos amarillos. Además, el río se hizo tan profundo que las pértigas no llegaban ya al fondo.

—Mal asunto —dijo el Leñador de Hojalata—, porque si no conseguimos desembarcar la corriente nos llevará al país de la Malvada Bruja del Oeste, que nos encantará y nos convertirá en sus esclavos.

—Y yo no conseguiré un cerebro —dijo el Espantapájaros.

—Y yo nunca tendré valor —se lamentó el León Cobarde.

—Y yo no conseguiré un corazón —gimió el Leñador de Hojalata.

—¡Y yo no volveré jamás a Kansas! —exclamó Dorothy.

—¡Es preciso que lleguemos a la Ciudad Esmeralda! —insistió el Espantapájaros, y dio un empujón tan fuerte con su pértiga que se le enganchó en el fango del fondo, y antes de que pudiera soltarla, la balsa fue empujada río abajo y el pobre muñeco de paja quedó colgado del palo en medio del agua.

—¡Adiós! —gritó a sus amigos, que le abandonaron con gran pena.

El Leñador de Hojalata rompió a llorar, pero por suerte recordó a tiempo la facilidad con que se oxidaba y enjugó sus lágrimas con el delantal de Dorothy.

La situación del pobre Espantapájaros era muy grave.

«Me veo todavía mucho peor que cuando conocí a Dorothy —pensó—. Entonces estaba clavado en un campo de maíz, donde al menos podía intentar asustar a los cuervos y a las cornejas, pero poco es lo que un espantapájaros puede hacer en medio de un río. ¡Y nunca llegaré a tener cerebro!»

La balsa flotaba empujada por la corriente. Y cuando el Espantapájaros estaba ya bastante lejos, dijo el León:

—Hemos de hacer algo para salvarnos. Creo que puedo nadar hasta la orilla y arrastrar la balsa si vosotros os agarráis a la punta de mi cola.

Así pues, saltó al agua y el Leñador de Hojalata se sujetó con firmeza al rabo del León cuando este comenzó a nadar con todas sus fuerzas en dirección a la orilla. Era una tarea ardua, incluso para un animal tan grande, pero poco a poco logró apartar la balsa de la corriente. La propia Dorothy ayudaba empujando con la pértiga del Leñador de Hojalata.

Cuando por fin alcanzaron la orilla todos estaban agotados, y se echaron a descansar sobre la verde hierba. Sabían que el río les había arrastrado muy lejos del camino de ladrillos amarillos que conducía a la Ciudad Esmeralda.

—¿Qué vamos a hacer? —preguntó el Leñador de Hojalata, mientras el León descansaba y tomaba el sol para secarse.

—De algún modo tenemos que regresar al camino —dijo Dorothy.

—Lo mejor será andar por la orilla hasta encontrarlo —opinó el León.

En cuanto hubieron descansado lo suficiente, la niña tomó su cesta e iniciaron la marcha por la ribera llena de hierba. Era un lugar maravilloso, lleno de flores, árboles frutales y mucho sol para animarles, y si no fuera porque estaban tan tristes por el pobre Espantapájaros se habrían sentido todos muy felices.

Avanzaban tan aprisa como podían. Dorothy solo se detuvo una vez para arrancar una florecilla, y el Leñador de Hojalata dijo al cabo de un rato:

—¡Mirad!

Todos dirigieron la vista hacia el río, y entonces vieron al Espantapájaros sujeto a su palo en medio del agua, con cara de tristeza.

—¿Cómo podemos salvarle? —preguntó Dorothy.

El León y el Leñador de Hojalata movieron la cabeza, porque no lo sabían. Sentados en la orilla, contemplaron pensativos al pobre Espantapájaros, hasta que pasó volando una cigüeña y, al verles, se detuvo a reposar al borde del agua.

—¿Quiénes sois y adónde vais? —inquirió la cigüeña.

—Yo soy Dorothy —dijo la niña—, y estos son mis amigos, el Leñador de Hojalata y el León Cobarde. Vamos todos a la Ciudad Esmeralda.

—Pues no es este el camino —observó la cigüeña, torciendo el largo cuello para mirar con fijeza al extraño grupo.

—No, ya lo sé —repuso Dorothy—, pero hemos perdido al Espantapájaros y nos preguntamos cómo podemos recuperarle.

—¿Dónde está?

—Allá, en medio del río.

—Si no fuese tan grande y pesado, yo os lo podría traer —dijo la cigüeña.

—¡Oh, si no pesa nada! —explicó la niña con afán—. Está lleno de paja, y si nos lo devuelves, te quedaremos eternamente agradecidos.

—Está bien. Lo intentaré —asintió el ave—. Pero si pesa demasiado tendré que dejarle caer de nuevo al agua.

La cigüeña remontó el vuelo hasta donde estaba el Espantapájaros agarrado a su palo. Una vez allí, le agarró por un brazo, lo levantó por los aires y lo devolvió a la orilla, donde le aguardaban sentados todos sus amigos.

Al verse de nuevo en compañía de Dorothy, el León, el Leñador de Hojalata y el perro Toto, el Espantapájaros tuvo tal alegría que les abrazó a todos, incluso al León y a Toto, y a cada paso que daban iba cantando «¡Tralarí-tralará», de tan contento como estaba.

—Temí quedarme en el río para siempre —dijo—, pero esta amable cigüeña me ha salvado, y si alguna vez consigo un poco de cerebro, iré a buscarla para demostrarle mi agradecimiento.

—Ya está bien —contestó la cigüeña, que volaba a su lado—. A mí siempre me gusta ayudar a quien está en apuros. Pero ahora debo marcharme, porque mis bebés me esperan en el nido. Deseo que encontréis la Ciudad Esmeralda y que Oz os ayude.

—¡Gracias! —exclamó Dorothy.

Instantes después, la buena cigüeña levantó el vuelo y no tardó en perderse de vista.

Los amigos continuaron su camino, mientras escuchaban el canto de los pájaros multicolores y contemplaban las preciosas florecillas, ahora tan abundantes que el suelo aparecía alfombrado de ellas. Había allí capullos amarillos, blancos, azules y lilas, además de grandes macizos de rojas amapolas, de un tono tan brillante que casi deslumbraban a Dorothy.

—¿Verdad que son bonitas? —comentó la niña, aspirando su delicioso aroma.

«La cigüeña levantó al Espantapájaros por los aires.»

—Supongo que sí —repuso el Espantapájaros—. Cuando tenga cerebro seguramente me gustarán más.

—Y si yo tuviera corazón me encantarían —añadió el Leñador de Hojalata.

—A mí siempre me han asustado las flores —dijo el León—. ¡Se las ve tan frágiles y desvalidas! Pero en el bosque no las hay tan brillantes como estas.

A cada paso aumentaba el número de las rojas amapolas, mientras se reducía el de las otras flores, y por fin se hallaron en medio de una inmensa pradera de amapolas. Es bien sabido que donde se encuentran muchas de estas flores juntas su aroma resulta tan intenso que cualquiera que lo respire cae dormido, y que si no es alejado del perfume de las flores seguirá durmiendo para siempre. Pero Dorothy lo ignoraba, aparte de que tampoco podía alejarse de aquellas amapolas que crecían por todas partes; así que pronto los párpados empezaron a pesarle y sintió un deseo incontenible de sentarse a descansar y dormir.

Pero el Leñador de Hojalata no estaba dispuesto a consentirlo.

—¡Tenemos que darnos prisa y volver al camino de ladrillos amarillos antes de que oscurezca! —dijo, y el Espantapájaros le dio la razón.

Así pues, continuaron andando hasta que Dorothy no pudo más. Los ojos se le cerraron en contra de su voluntad y, olvidando donde estaba, cayó profundamente dormida entre las amapolas.

—¿Qué hay que hacer? —preguntó el Leñador de Hojalata.

—Si la dejamos aquí, morirá —dijo el León—. El olor de estas flores nos matará a todos. Yo apenas puedo mantener los ojos abiertos, y el perro ya duerme también.

Era cierto. Toto yacía enroscado junto a su amita. Los únicos que no tenían problema con el aroma de las amapolas eran el Espantapájaros y el Leñador de Hojalata, por no ser de carne y hueso.

—Echa a correr —dijo el Espantapájaros al León— y sal de este mortífero prado lo antes posible. Nosotros llevaremos a la niña y al perro, pero no podríamos contigo si cayeras dormido.

Al oír esto, el felino se levantó y se alejó de allí con toda rapidez. Al momento ya no se le veía.

—Formemos una silla con las manos para llevar a la niña —propuso el Espantapájaros.

Primero alzaron a Toto y lo colocaron en el regazo de Dorothy, y luego hicieron una silla con sus manos y brazos y condujeron a la chiquilla dormida por entre el campo de flores.

Anduvieron largo rato, pero aquella alfombra de peligrosas amapolas no parecía tener fin. Siguieron el recodo del río y, por fin, encontraron a su amigo León, igualmente dormido entre las flores. Su perfume había sido demasiado fuerte para el poderoso animal, que había terminado por caer al suelo cuando ya le faltaba poco para salir de la alfombra de amapolas y llegar a los maravillosos campos verdes que se extendían delante de ellos.

—No podemos hacer nada por él —dijo tristemente el Leñador de Hojalata—, porque pesa demasiado para nosotros. Tenemos que dejarle aquí, durmiendo para siempre. Quizá sueñe que al fin encontró el valor.

—Lo siento mucho —añadió el Espantapájaros—. A pesar de su cobardía era un gran compañero. Pero prosigamos ahora nuestro camino.

Llevaron la niña dormida a un bonito lugar junto al río,

lo bastante apartado del campo de amapolas para que no respirara más el veneno de las flores, la tumbaron con ternura sobre la hierba y aguardaron a que la fresca brisa la despertara.

Capítulo Nueve

La Reina de los ratones de campo

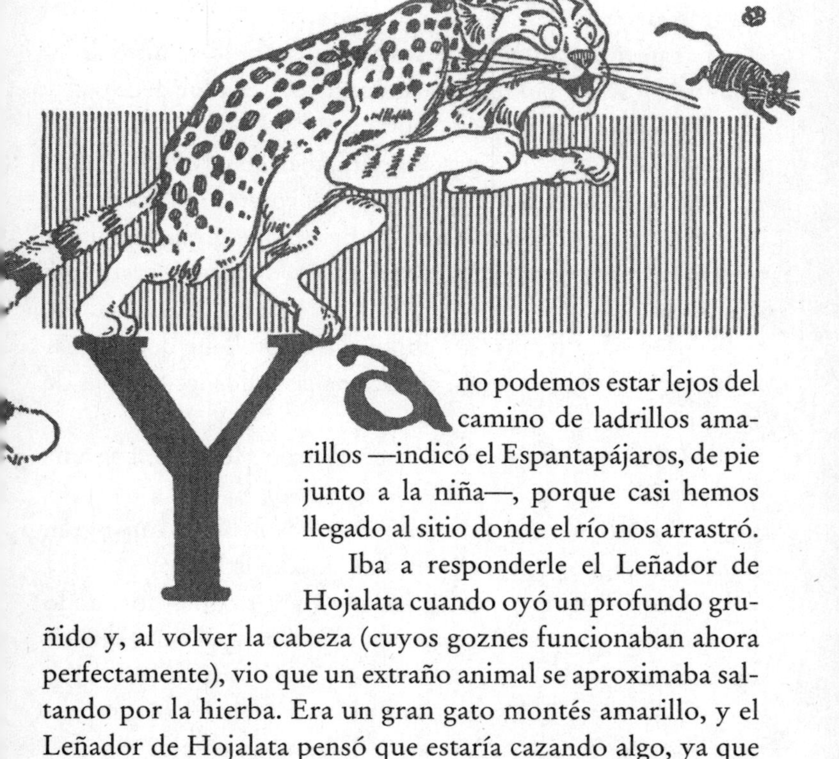

Ya no podemos estar lejos del camino de ladrillos amarillos —indicó el Espantapájaros, de pie junto a la niña—, porque casi hemos llegado al sitio donde el río nos arrastró.

Iba a responderle el Leñador de Hojalata cuando oyó un profundo gruñido y, al volver la cabeza (cuyos goznes funcionaban ahora perfectamente), vio que un extraño animal se aproximaba saltando por la hierba. Era un gran gato montés amarillo, y el Leñador de Hojalata pensó que estaría cazando algo, ya que tenía las orejas pegadas a la cabeza y su boca, abierta, enseñaba dos hileras de espantosos dientes, mientras que los ojos le brillaban como dos rojas bolas de fuego. Cuando estuvo más cerca, el Leñador se fijó en que delante de la fiera iba un pequeño ratoncito de campo corriendo desesperadamente, y pese a no tener corazón pensó que no era justo que el gato montés intentara dar muerte a una criatura tan bonita e indefensa.

Así pues, el Leñador de Hojalata alzó su hacha y, cuando la fiera estuvo a su altura, le atizó tal golpe que la cabeza quedó separada limpiamente del cuerpo, que rodó hasta sus pies partido en dos.

El ratón de campo se detuvo en seco al verse libre de su enemigo y se dirigió lentamente hacia el Leñador de Hojalata, diciendo con su vocecilla chillona:

—¡Gracias, muchas gracias por haberme salvado la vida!

—¡Ni lo menciones, por favor! —protestó el Leñador—. Yo no tengo corazón, ¿sabes?, de modo que procuro ayudar a todos los seres que necesitan un amigo, aunque se trate solo de un ratón.

—¿Solo de un ratón? —chilló el roedor, lleno de indignación—. ¡Yo soy una reina! ¡La Reina de todos los ratones de campo!

—Oh, lo siento —dijo el Leñador de Hojalata, con una reverencia.

—Por lo tanto, al salvar mi vida has realizado una gran hazaña y un gran acto de valentía —añadió la Reina.

En aquel instante aparecieron varios ratones corriendo tan rápido como se lo permitían sus patitas y, al ver a su Reina, exclamaron:

—¡Ay, Majestad, creíamos que ibais a morir! ¿Cómo habéis logrado escapar de las garras de semejante fiera?

E hicieron unas reverencias tan profundas a su pequeña Reina que casi quedaron cabeza abajo.

—Este sorprendente hombre de hojalata ha matado al gato montés y me ha salvado la vida —contestó la Reina—. Por favor, en adelante deberéis servirle todos y obedecer hasta sus más mínimos deseos.

—¡Lo haremos! —exclamaron todos los ratones, formando un estridente coro.

Y luego escaparon en todas direcciones, por lo que Toto despertó de su sueño y, al ver tanto ratón a su alrededor, lanzó un ladrido de entusiasmo y saltó en medio del grupo. Al perro siempre le había gustado cazar ratones cuando vivía en Kansas, y no veía mal alguno en ello.

Pero el Leñador lo agarró a tiempo y lo sostuvo con fuerza, a la vez que llamaba a los ratones y les decía:

—¡Volved, volved tranquilos! Toto no os hará ningún daño.

La Reina de los ratones de campo asomó la cabeza entre una mata de hierba y preguntó con voz tímida:

—¿Estás seguro de que no nos morderá?

—No le dejaré —dijo el Leñador de Hojalata—, de manera que no os asustéis.

Los ratones regresaron uno tras otro, temerosos, y Toto no volvió a ladrar, aunque trataba de soltarse de los brazos del Leñador. Le habría dado un buen mordisco si no fuera porque era de hojalata. Por último, habló uno de los ratones mayores:

—¿Hay algo que podamos hacer para pagarte lo que has hecho por nuestra Reina?

—Nada, que yo sepa —repuso el Leñador de Hojalata.

Pero el Espantapájaros, que había estado intentando reflexionar sin conseguirlo, por tener la cabeza rellena de paja, dijo a toda prisa:

—¡Sí! Podéis salvar a nuestro amigo el León Cobarde, que está dormido en el campo de amapolas.

—¡Un león! —exclamó la pequeña Reina—. ¡Nos comería a todos!

—Oh, no —contestó el Espantapájaros—. Es un cobarde.

—¿De veras? —preguntó la Reina.

—Él mismo lo reconoce —dijo el Espantapájaros—. Además, sería incapaz de hacer daño a nuestros amigos. Si nos ayudáis a salvarle, os prometo que os tratará con la máxima delicadeza.

—Está bien —dijo la Reina—. Confiamos en ti. ¿Qué tenemos que hacer?

—¿Son muchos los ratones que te consideran su Reina y están dispuestos a obedecer tus órdenes?

—¡Miles! —respondió la ratona.

—Entonces ordénales venir a todos lo antes posible, cada cual con un trozo largo de cordel.

La Reina se dirigió a los ratones que la rodeaban y les encargó que fuesen de inmediato en busca de todo su pueblo. En cuanto los pequeños roedores oyeron sus órdenes, partieron como flechas en todas direcciones.

—Ahora —dijo entonces el Espantapájaros al Leñador de Hojalata—, tú debes cortar algunos de esos árboles que crecen junto al río y construir una carreta para transportar a nuestro amigo el León.

El Leñador comenzó su trabajo en el acto. Pronto terminó de construir una carreta con los troncos, de los que había podado ramas y hojas. Los sujetó luego con clavos de madera e hizo las cuatro ruedas con cortes de un tronco muy ancho. Trabajó tan rápido y tan bien que cuando empezaron a llegar los ratones la carreta ya estaba lista.

Llegaron de todas las direcciones y a millares: ratones

grandes, ratones pequeños y de tamaño mediano, y cada uno llevaba un cordel en la boca. Fue más o menos entonces cuando Dorothy despertó de su largo sueño y abrió los ojos. Quedó asombrada al hallarse tendida sobre la hierba y rodeada de miles de ratoncitos que la observaban con timidez. Pero el Espantapájaros se lo explicó todo y agregó, mirando a la digna Reina:

—Permitidme que os presente a Dorothy, Majestad.

La niña saludó muy seria, con una inclinación de cabeza, y la Reina le devolvió la cortesía, después de lo cual hizo mucha amistad con la chiquilla.

El Espantapájaros y el Leñador de Hojalata empezaron a sujetar los ratones a la carreta mediante los cordeles que habían traído. Ataron un extremo al cuello de cada ratón y el otro extremo a la carreta. Desde luego, la carreta era mil veces mayor que cualquiera de los roedores que iban a arrastrarla, pero en cuanto estuvieron todos enganchados, pudieron tirar de ella sin dificultad. Hasta el Espantapájaros y el Leñador de Hojalata se subieron arriba, siendo rápidamente conducidos por sus inusuales caballitos al lugar donde aún dormía el León.

Tras no pocos esfuerzos, porque el León pesaba mucho, consiguieron subirlo a la carreta. Entonces, la Reina dio orden de partir de allí enseguida, pues temía que también los ratones cayesen dormidos si permanecían demasiado rato entre las amapolas.

Al principio, y aunque eran muchos, los ratones no podían tirar de la carreta, pero el Espantapájaros y el Leñador de Hojalata se pusieron a empujar desde atrás y así todo fue mejor. Pronto sacaron al León del mortífero campo de amapolas y, ya en los verdes prados, el felino pudo respirar de nuevo aquel aire fresco y sano, en lugar del venenoso perfume de las flores rojas.

Dorothy salió a su encuentro y dio calurosamente las gracias a los ratones por haber salvado de una muerte segura a su compañero. Le tenía tanto cariño al León que estaba feliz de que lo hubieran rescatado.

Por fin, los ratones fueron desenganchados de la carreta y salieron corriendo por la hierba camino de sus madrigueras. La Reina fue la última en partir.

—Si alguna vez volvéis a necesitarnos —dijo—, venid al campo y llamadnos, que enseguida acudiremos en vuestro auxilio. ¡Adiós!

—¡Adiós! —respondieron todos, y la Reina echó a correr mientras Dorothy mantenía fuertemente agarrado a Toto para que no se le ocurriera saltar y dar un susto terrible a la ratona.

Después todos se quedaron sentados junto al León en espera de que despertara, y el Espantapájaros le trajo a Dorothy fruta de un árbol cercano que ella tomó para cenar.

Capítulo Diez

El Guardián de las Puertas

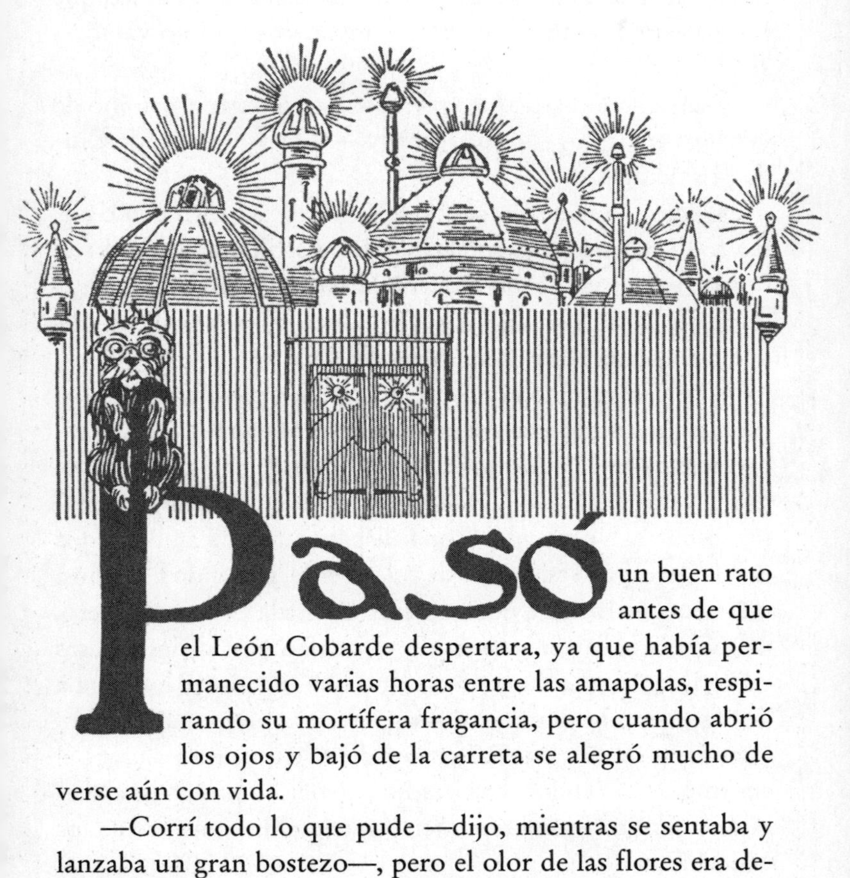

Pasó un buen rato antes de que el León Cobarde despertara, ya que había permanecido varias horas entre las amapolas, respirando su mortífera fragancia, pero cuando abrió los ojos y bajó de la carreta se alegró mucho de verse aún con vida.

—Corrí todo lo que pude —dijo, mientras se sentaba y lanzaba un gran bostezo—, pero el olor de las flores era demasiado intenso para mí. ¿Cómo lograsteis sacarme de allí?

Sus amigos le contaron la aventura de los ratones, y cómo

estos le habían salvado tan generosamente. El León se echó a reír y dijo:

—Es curioso. Siempre me tuve por muy grande y terrible. Ahora, sin embargo, ha faltado bien poco para que algo tan pequeño como unas florecillas me matara, y unos animalitos tan pequeños como los ratones me han salvado. ¿Verdad que resulta extraño? Pero veamos, compañeros, ¿cómo vamos a seguir el viaje?

—Andando hasta que volvamos a encontrar el camino de ladrillos amarillos —dijo Dorothy—. Él nos llevará a la Ciudad Esmeralda.

Como el León se sentía descansado y tan bien como antes, todos reemprendieron la marcha, disfrutando la caminata por la suave y verde hierba, y no tardaron en descubrir el camino de ladrillos amarillos que conducía a la maravillosa ciudad gobernada por el Gran Mago de Oz.

Ahora el camino era liso y estaba bien pavimentado, y el paisaje que les rodeaba era precioso, por lo que los viajeros estuvieron todavía más contentos de haber dejado atrás el bosque y los tremendos peligros que acechaban entre sus tenebrosas sombras. De nuevo vieron vallas levantadas a ambos lados del sendero, pero estas eran de color verde, y cuando llegaron a una pequeña casita, evidentemente habitada por un granjero, también la hallaron pintada de verde. Pasaron varias de esas casas durante la tarde, y no era raro que la gente se asomara a las puertas y les mirara como si quisiera preguntarles algo. Pero nadie se acercó a ellos a causa del miedo que les causaba el enorme León. Todos iban vestidos de un bonito color esmeralda y llevaban sombreros tan puntiagudos como los de los Munchkins.

—Este debe de ser el país de Oz —dijo Dorothy—. No cabe duda de que nos acercamos a la Ciudad Esmeralda.

—En efecto —asintió el Espantapájaros—. Aquí todo es verde, mientras que en el país de los Munchkins el color favorito era el azul. No obstante, la gente parece menos simpática que allí, y me pregunto si podremos encontrar un lugar donde pasar la noche.

—A mí me gustaría comer algo más, aparte de la fruta —comentó la niña—, y el pobre Toto debe de estar medio muerto de hambre. Detengámonos en la próxima casa y hablemos con la gente.

Así, en cuanto vieron una casa de campo bastante grande, Dorothy se acercó sin temor a la puerta y llamó con los nudillos. Una mujer entreabrió la puerta lo suficiente para asomar la nariz y preguntó:

—¿Qué quieres, niña? ¿Y por qué te acompaña ese león enorme?

—Nos gustaría pasar la noche en su casa, si usted nos lo permitiera —contestó Dorothy—. El León es mi amigo y no les hará ningún daño.

—¿Es manso? —inquirió la mujer, abriendo la puerta un poco más.

—¡Ya lo creo! —aseguró la niña—. Además es un gran cobarde, de modo que él tendrá más miedo de ustedes que ustedes de él.

—Está bien —dijo por fin la mujer, después de reflexionar un poco y echar otra mirada al animal—. En tal caso podéis entrar. Os daré algo de cena y un sitio para dormir.

Así pues, todos entraron en la casa, donde además de la mujer vivían dos niños y un hombre. Este tenía una pierna herida y yacía en un lecho colocado en un rincón. Todos parecieron muy sorprendidos de ver llegar un grupo tan extraño. Mientras la mujer preparaba la mesa, el hombre preguntó:

—¿Adónde vais?

—A la Ciudad Esmeralda —dijo Dorothy—. A ver al Gran Mago de Oz.

—¿De veras? —exclamó el hombre—. ¿Y estáis seguros de que os recibirá?

—¿Por qué no? —replicó la niña.

—Porque se dice que nunca permite a nadie la entrada en sus aposentos. Yo he estado muchas veces en la Ciudad Esmeralda y, desde luego, es un lugar maravilloso, pero nunca me han permitido ver al Gran Oz, ni sé de nadie que le haya visto jamás.

—¿Nunca sale? —preguntó el Espantapájaros.

—Nunca. Día tras día permanece en el Gran Salón del Trono de su palacio, y ni siquiera quienes le sirven se ven cara a cara con él.

—¿Cómo es? —preguntó Dorothy.

—Eso es difícil de explicar —respondió el hombre, pensativo—. Oz es un poderoso mago, que puede adquirir cualquier forma. Hay quien dice que parece un pájaro, otros afirman que es una especie de elefante, y según otros tiene aspecto de gato. También hay quien afirma que se aparece como preciosa hada o como un duende, o bajo la forma que le apetezca. Pero ningún ser viviente sabe cómo es el verdadero Oz.

—¡Qué cosa más extraña! —dijo Dorothy—. Sin embargo, deberíamos tratar de verle. De lo contrario, habríamos hecho todo el viaje en balde.

—¿Y para qué deseáis ver al terrible Oz? —preguntó el hombre.

—Yo quiero pedirle un poco de cerebro —declaró ansioso el Espantapájaros.

—Eso no sería nada difícil para Oz —contestó el campesino—. Él tiene de sobra.

—Y yo quiero pedirle un corazón —intervino el Leñador.

—Tampoco eso será ningún problema —continuó el labrador herido—, porque Oz posee una gran colección de corazones de todos los tamaños y formas.

—Pues yo pienso pedirle valor —añadió el León Cobarde.

—Oz guarda un gran caldero de valor en su Salón del Trono —dijo el hombre—. Lo cubre con una tapadera de oro, para que no se derrame. Se alegrará de poder darte un poco.

—Y yo quiero pedirle que me devuelva a Kansas —agregó por fin Dorothy.

—¿Dónde está Kansas? —preguntó asombrado el labrador.

—En realidad no lo sé —confesó la niña, apenada—. Pero allí vivo, y me consta que está en alguna parte.

—Probablemente. Oz puede hacer cualquier cosa, de manera que también sabrá encontrar Kansas. Pero antes debéis lograr verle, y eso es lo difícil, porque al Gran Mago no le gusta recibir a nadie y suele salirse con la suya... Es un ser muy especial. Y tú, ¿qué quieres? —dijo entonces el campesino, mirando al perrito.

Toto se limitó a mover la cola, porque, aunque parezca extraño, no sabía hablar.

La mujer avisó que la cena estaba a punto, de modo que todos se sentaron alrededor de la mesa. Dorothy comió un rico plato de gachas y huevos revueltos con pan blanco. El León también probó las gachas, pero no le gustaron porque, según él, estaban hechas de avena y la avena era para los caballos, no para los leones. El Espantapájaros y el Leñador de Hojalata no comieron nada. Toto cenó un poco de cada cosa

«El León probó las gachas.»

y estuvo muy contento de volver a alimentarse de una manera normal.

La mujer mostró a la niña una cama, y Toto se acostó a su lado, mientras que el enorme León se sentó delante de la puerta de su cuarto para que nadie la molestara. El Espantapájaros y el Leñador se instalaron en un rincón y guardaron silencio toda la noche, pese a que no dormían.

A la mañana siguiente, en cuanto hubo salido el sol, nuestros amigos reanudaron la marcha y no tardaron en distinguir un precioso resplandor verde en el cielo, a poca distancia de ellos.

—Tiene que ser la Ciudad Esmeralda —dijo Dorothy.

A medida que avanzaban, el resplandor verde se hacía cada vez más intenso. Parecía que, finalmente, el largo viaje llegaba a su fin. Sin embargo, se hizo tarde antes de que alcanzasen la gran muralla que circundaba la ciudad. Era muy alta y gruesa, y de un brillante color verde.

Delante de ellos, al final del camino de ladrillos amarillos, había una enorme puerta tachonada de esmeraldas que centelleaban de tal forma a la luz del sol que hasta los pintados ojos del Espantapájaros quedaron deslumbrados de tanto fulgor.

Junto a la puerta había un timbre. Dorothy pulsó el botón y oyó un tintineo cristalino. Luego, la gran puerta se abrió lentamente. Todos la atravesaron y se encontraron en un salón de alta bóveda cuyas paredes resplandecían a causa de las incontables esmeraldas incrustadas en ellas.

Ante ellos apareció un hombrecillo del tamaño de los Munchkins. Iba totalmente vestido de verde, y hasta su piel tenía un tinte verdoso. A su lado había una voluminosa caja verde.

Al ver a Dorothy y sus compañeros, aquel personaje preguntó:

—¿Qué buscáis en la Ciudad Esmeralda?

—Venimos a ver al Gran Oz —contestó la niña.

El hombre quedó tan sorprendido ante esta respuesta que tuvo que sentarse a pensar.

—Hace muchos años que nadie me pedía ver a Oz —dijo por fin, moviendo perplejo la cabeza—. Es poderoso y terrible, y si venís a estorbar al Gran Mago en sus sabias reflexiones por cualquier tontería, puede enfurecerse y destruiros a todos en un instante.

—Pero no se trata de ningún capricho tonto —replicó el Espantapájaros—, sino de algo muy importante. Y a nosotros nos dijeron que Oz es un mago bueno.

—Y lo es —contestó el hombrecillo verde—. Gobierna el país con sabiduría y justicia, pero se muestra implacable con quienes no son honrados o solo se le acercan movidos por la curiosidad. Muy pocos son los que hasta ahora se han atrevido a desear ver su rostro. Yo soy el Guardián de las Puertas, y dado que solicitáis ver al Gran Oz, debo conduciros a su palacio. Pero antes tenéis que poneros gafas.

—¿Gafas? —preguntó Dorothy—. ¿Por qué?

—Porque si no las lleváis, el resplandor y la gloria de la Ciudad Esmeralda os cegarán. Incluso los habitantes de esta ciudad tienen que usar gafas día y noche. Todas están cerradas con candado, ya que así lo dispuso Oz al construir la ciudad. Yo guardo la única llave que puede abrir las cerraduras.

Abrió la gran caja, y Dorothy vio que estaba llena de gafas de todos los tamaños y formas. Todas ellas tenían los cristales verdes. El Guardián encontró un par adecuado para Dorothy y las colocó ante sus ojos. Dos cintas de oro sujetaban las gafas a la parte posterior de su cabeza, donde quedaban cerradas mediante una pequeña llave que pendía de una cadena que el Guardián llevaba colgada del cuello. Una vez puestas las gafas, Dorothy no habría podido quitárselas aunque quisiera; desde luego no tenía ningunas ganas de verse cegada por el fulgor de la Ciudad Esmeralda, de modo que no dijo nada.

A continuación, el Guardián buscó gafas para el Espantapájaros, el Leñador y el León, así como también para el menudo Toto, y las cerró todas con llave.

El Guardián de las Puertas se puso entonces sus propias gafas y les anunció que estaba dispuesto a mostrarles el camino del palacio. Tomó una gran llave de oro que estaba colgada de un gancho y abrió otra puerta. Todos le siguieron a través de ella, y se hallaron en las calles de la Ciudad Esmeralda.

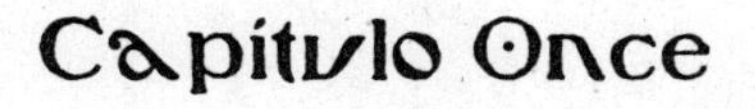

Capítulo Once

La maravillosa Ciudad Esmeralda de Oz

Pese a las gafas verdes que protegían sus ojos, Dorothy y sus amigos quedaron deslumbrados ante el brillo de la maravillosa ciudad. Bordeaban todas las calles unas preciosas casas de mármol verde con incrustaciones de centelleantes esmeraldas. Caminaban por un pavimento del mismo mármol verde, y entre los bloques de mármol había hileras de esmeraldas engarzadas muy juntas que destellaban a la luz del sol. También los cristales de las ventanas eran verdes; hasta el cielo que cubría la ciudad tenía un tono verde, y hasta los rayos de sol eran verdes.

Por la calle había mucha gente, hombres, mujeres y niños, todos vestidos de verde y con la piel igualmente verdosa. Aquella gente miraba con ojos de asombro a Dorothy y su extraña y variada compañía, y los niños corrían a esconderse detrás de sus madres al ver al León, pero nadie les dirigió la palabra. En la calle había numerosas tiendas, y Dorothy se fijó en que todo lo expuesto en los escaparates era verde: los caramelos y las palomitas de maíz, los sombreros, los zapatos y los vestidos de todo tipo. En una de las tiendas un hombre vendía limonada verde, y Dorothy vio que los niños pagaban con monedas también verdes.

En la ciudad parecía no haber caballos ni animales de ninguna clase. Los hombres transportaban objetos en unas carretillas verdes que empujaban delante de ellos. Todo el mundo tenía un aspecto alegre y próspero.

El Guardián de las Puertas los condujo a través de las calles hasta que llegaron a un gran edificio situado exactamente en el centro de la ciudad. Era el palacio de Oz, el Gran Mago. Ante la gran puerta había un soldado de uniforme verde y larga barba del mismo color.

—Estos extranjeros desean ver al Gran Oz —le anunció el Guardián de las Puertas.

—Pasad —contestó el soldado—. Le transmitiré el mensaje.

Entraron por la gran puerta del palacio y fueron acompañados a una espaciosa sala de alfombra verde y preciosos muebles verdes con incrustaciones de esmeraldas. El soldado invitó a todos a que se limpiaran los pies en una gran estera verde antes de entrar en la estancia, y en cuanto estuvieron sentados dijo muy cortés:

—Por favor, poneos cómodos mientras me acerco a la puerta del Salón del Trono y comunico a Oz que estáis aquí.

Tuvieron que esperar largo rato antes de que el soldado regresara. Cuando por fin lo hizo, Dorothy preguntó:

—¿Has visto a Oz?

—¡Oh, no! —contestó el soldado—. Nunca le he visto. Estaba detrás de un biombo verde, y le he comunicado vuestro mensaje. Dice que os concederá una audiencia, si así lo deseáis, pero que cada uno de vosotros debe entrar a solas, y no admitirá más de una visita al día. Por lo tanto, dado que tendréis que permanecer en el palacio durante varios días, os mostraré las habitaciones donde podréis descansar cómodamente tras vuestro largo viaje.

—Gracias —dijo la niña—. Es un gesto muy amable por parte de Oz.

El soldado tocó entonces un silbato verde y en el acto se presentó una jovencita que llevaba un vestido de seda verde. Tenía preciosos cabellos y ojos verdes, e hizo una profunda reverencia ante Dorothy mientras decía:

—Sígueme y te enseñaré tu habitación.

La niña se despidió de sus amigos, menos de Toto, y con el perro en brazos siguió a la muchacha verde a lo largo de siete corredores y tres tramos de escalera, hasta llegar a una estancia que daba a la fachada del palacio. Era la habitación más bonita del mundo, con una blanda y confortable cama de sábanas de seda verde y una colcha de terciopelo del mismo tono. En medio de la habitación había un diminuto surtidor que lanzaba al aire perfume verde, que luego caía a una fuente de mármol verde, maravillosamente trabajada. En las ventanas había hermosas flores verdes, y una pequeña repisa contenía una hilera de pequeños libros también verdes. Cuando Dorothy tuvo tiempo de hojearlos, vio que estaban llenos de curiosas ilustraciones verdes que la hicieron reír de tan cómicas que eran.

En un armario había muchos vestidos verdes, hechos de seda, raso y terciopelo, todos exactamente de la talla de Dorothy.

—Acomódate a tu gusto —dijo la muchachita verde— y, si deseas algo, toca la campanilla. Oz mandará a alguien a buscarte por la mañana.

Dejó sola a la niña y regresó junto a los demás, que fueron conducidos a sus respectivas habitaciones y quedaron todos alojados en una agradable parte del palacio. Desde luego, tanta cortesía no le sirvió de nada al Espantapájaros, porque en cuanto este se halló solo en su aposento, se plantó como un pasmarote en un rincón, al lado mismo de la puerta, para esperar el amanecer. Acostarse no significaba ningún descanso para él, y como además no podía cerrar los ojos, permaneció toda la noche contemplando una arañita que tejía su tela en un ángulo de la pared, sin importarle que aquella fuera una de las habitaciones más maravillosas del mundo. El Leñador de Hojalata se echó en la cama llevado por la fuerza de la costumbre, ya que así lo hacía cuando era de carne y hueso. Pero al no poder conciliar el sueño, pasó la noche moviendo sus articulaciones para asegurarse de que funcionaban debidamente. El León, por su parte, habría preferido un lecho de hojas secas en pleno bosque. No le gustaba nada verse metido en una habitación, pero como era demasiado inteligente para permitir que semejante cosa le preocupara, saltó sobre la cama, se enroscó como un gato y se quedó dormido al cabo de un minuto entre ronquidos de satisfacción.

A la mañana siguiente, después del desayuno, la doncella verde acudió en busca de Dorothy y la vistió con un precioso vestidito hecho de magnífico brocado verde. Dorothy se puso también un delantalito de seda verde y ató una cinta verde al cuello de Toto antes de salir hacia el Salón del Trono del Gran Oz.

Primero llegaron a un amplio vestíbulo donde ya aguardaban numerosos cortesanos, damas y caballeros, todos ricamente ataviados. Eran personas que no tenían otra cosa que hacer que conversar entre sí, pero cada día iban al palacio para aguardar delante del Salón del Trono, aunque nunca les permitían ver al poderoso Mago. Cuando entró Dorothy, todos la miraron llenos de curiosidad, y uno de ellos susurró:

—¿De veras vas a mirar a la cara a Oz el Terrible?

—¡Naturalmente! —contestó la niña—. Si él quiere verme.

—Sí que quiere verte —intervino el soldado que había transmitido el mensaje al Mago—, aunque en general no le gusta que nadie solicite verle. Lo cierto es que primero se enfadó y dijo que te devolviera al lugar de donde venías, pero luego me preguntó por tu aspecto, y cuando yo mencioné tus zapatos de plata, demostró gran interés. También le dije que llevas una marca en la frente, y entonces decidió admitirte en su presencia.

De pronto sonó una campanilla, y la muchachita verde le dijo a Dorothy:

—Es la señal. Debes entrar sola en el Salón del Trono.

Abrió una pequeña puerta y Dorothy entró con decisión en un maravilloso lugar. Era una sala enorme y redonda, de alto techo abovedado, y tanto las paredes como el techo y el suelo estaban totalmente cubiertos de grandes esmeraldas. En el centro de la bóveda resplandecía una potente luz, tan brillante como el sol, que hacía resplandecer las esmeraldas de una manera maravillosa.

Pero lo que más interesó a Dorothy fue el imponente trono de mármol verde que se alzaba en medio del salón. Tenía forma de silla y estaba salpicado de gemas, como todo lo demás. En medio del trono había una enorme cabeza, sin cuerpo que la soportara, ni brazos ni piernas. Era completamente calva, pero tenía ojos, nariz y boca, y era mayor que la cabeza del gigante más grande que imaginarse pueda.

Cuando la niña miró asombrada y temerosa al monstruoso ser, los ojos de este se movieron poco a poco hasta fijarse en ella, duros e inmóviles. Luego se abrió la boca, y Dorothy oyó una voz que le decía:

—Soy Oz, el Grande y Terrible. ¿Quién eres tú, y por qué me buscas?

No era una voz tan atronadora como la que había esperado de semejante cabezota, por lo que hizo acopio de valor y contestó:

—Soy Dorothy, la Pequeña y Humilde. Vengo a ti en busca de ayuda.

Los ojos la miraron pensativos durante un minuto entero. Después volvió a hablar la voz:

—¿De dónde has sacado estos zapatos de plata?

—Son de la Malvada Bruja del Este. Mi casa cayó sobre ella y la mató —declaró la niña.

—¿Y cómo conseguiste esa marca que llevas en la frente? —continuó la voz.

—La Buena Bruja del Norte me besó cuando se despidió de mí y me envió a verte —dijo Dorothy.

Los ojos se posaron de nuevo en ella con severidad, pero vieron que la pequeña decía la verdad. Entonces preguntó Oz:

—¿Qué quieres que haga por ti?

—Devolverme a Kansas, donde viven mi tío Henry y mi tía Em —respondió la niña, muy seria—. A mí no me gusta vuestro país, por muy bonito que sea. Y estoy segura de que mi tía estará tremendamente angustiada por mi larga ausencia.

Los ojos parpadearon tres veces, luego miraron al techo y al suelo, y giraron de una manera tan extraña que parecían ver cada rincón del salón a la vez. Por último volvieron a posarse en Dorothy.

—¿Y por qué habría de hacer eso por ti? —inquirió Oz.

—Porque tú eres fuerte y yo soy débil; porque tú eres un Gran Mago y yo solo soy una pequeña niña indefensa —contestó ella.

—Sin embargo, fuiste lo suficientemente fuerte para matar a la Malvada Bruja del Este —señaló Oz.

—Eso ocurrió sin que yo interviniera —repuso Dorothy con sencillez—. No pude evitarlo.

—Bien —dijo la cabeza—. Voy a darte mi respuesta. No tienes derecho a esperar de mí que te devuelva a Kansas a menos que hagas algo para devolverme el favor. En este país, cada cual tiene que pagar por lo que recibe. Si deseas que yo haga uso de mis poderes mágicos para enviarte de nuevo a casa, primero debes hacer algo por mí. Ayúdame tú primero, y entonces te ayudaré yo a ti.

—¿Qué debo hacer? —quiso saber Dorothy.

—Matar a la Malvada Bruja del Oeste —contestó Oz.

—¡Pero si yo no puedo hacer eso! —exclamó la niña, desconcertada.

—Tú diste muerte a la Malvada Bruja del Este y llevas sus zapatos de plata, que poseen una gran fuerza mágica. Solo queda una Malvada Bruja en nuestro país, y cuando tú puedas anunciarme que también está muerta te devolveré a Kansas. ¡Pero no antes!

La pobre niña se echó a llorar, desconsolada. Los ojos parpadearon otra vez y la miraron ansiosos, como si el Mago pudiera darse cuenta de que ella podía ayudarle, si se lo proponía.

—Yo nunca he matado a nadie a propósito —sollozó—, y aunque quisiera hacerlo, ¿cómo podría matar a la Malvada

Bruja? Si tú, que eres tan grande y terrible, no puedes matarla, ¿cómo esperas que lo haga yo?

—No lo sé —dijo la cabeza—, pero ya tienes mi respuesta. Mientras la Malvada Bruja no haya muerto, tú no volverás a ver a tus tíos. Recuerda que se trata de una bruja malvada, horriblemente malvada, y que hay que eliminarla. Ahora vete, y no pidas verme de nuevo mientras no hayas cumplido tu misión.

Dorothy abandonó muy triste el Salón del Trono y fue a reunirse con sus amigos, que anhelaban saber lo que había dicho Oz.

—No hay esperanza para mí —musitó la niña, llorosa—, porque Oz se niega a enviarme a casa hasta que no haya matado a la Malvada Bruja del Oeste, y yo no podré hacerlo nunca.

Sus compañeros quedaron muy apenados, pero no podían ayudarla. Así pues, Dorothy volvió a su cuarto, se acostó y lloró hasta quedar dormida de cansancio.

A la mañana siguiente, el soldado de los bigotes verdes se acercó al Espantapájaros y le dijo:

—Ven conmigo. Oz me manda a buscarte.

El Espantapájaros obedeció y fue admitido en el Gran Salón del Trono, donde se hallaba sentada una dama de gran hermosura. Iba vestida de gasa de seda verde y lucía una corona de piedras preciosas sobre sus ensortijados cabellos verdes. De sus hombros partían unas alas de magnífico colorido, tan ligeras que se agitaban al más mínimo soplo de aire.

En cuanto el Espantapájaros hubo hecho una reverencia ante la bella criatura, tan airosamente como su relleno de paja se lo permitía, ella le miró con dulzura y dijo:

—Soy Oz, el Grande y Terrible. ¿Quién eres tú, y por qué me buscas?

El Espantapájaros, que había esperado encontrar la enorme cabeza de la que le había hablado Dorothy, se quedó atónito. No obstante, contestó con valentía:

—No soy más que un Espantapájaros relleno de paja. Por lo tanto, no tengo cerebro, y he venido a pedirte que pongas cerebro en mi cabeza, en lugar de paja, para que pueda ser un hombre como cualquier otro de tus súbditos.

—¿Y por qué habría de hacerlo? —inquirió la dama.

—Porque tú eres sabio y poderoso, y nadie más podría ayudarme —respondió el Espantapájaros.

—Nunca concedo favores sin recibir algo a cambio —dijo Oz—. Pero voy a prometerte algo: si matas a la Malvada Bruja del Oeste, te premiaré con un gran cerebro, tan excelente que serás el hombre más sabio de todo el país de Oz.

—Creí que habías pedido a Dorothy que diese muerte a la Bruja —contestó el Espantapájaros, cada vez más asombrado.

—Así es, en efecto. No me importa quién la mate. Pero mientras no cumplas mi deseo, yo no te concederé el tuyo. Ahora vete, y no vuelvas hasta que te hayas ganado ese cerebro que tanto ansías tener.

El Espantapájaros regresó muy cariacontecido junto a sus amigos y les contó lo que Oz le había dicho. Dorothy quedó boquiabierta al saber que el Gran Mago no se había presentado en forma de cabeza, como el día anterior, sino como una hermosa dama.

—No importa —murmuró el Espantapájaros—. Lo cierto es que le hace tanta falta un corazón como al Leñador de Hojalata.

Al día siguiente, el soldado de los bigotes verdes se dirigió al Leñador de Hojalata y le dijo:

—Oz me manda buscarte. Sígueme.

Así lo hizo el Leñador de Hojalata, y llegó al Salón del Trono. No sabía si Oz sería ahora una preciosa señora o una cabezota, aunque prefería que fuese una dama.

«Porque si es la cabeza —se dijo—, estoy convencido de que no me concederá el corazón, dado que una cabeza no tiene corazón propio y no podrá comprender mis sentimientos. En cambio, si es la hermosa dama le suplicaré que me dé el corazón, ya que se dice que todas las damas son de tierno corazón.»

Pero el Leñador de Hojalata no halló dama ni cabeza al entrar en el Salón del Trono, porque Oz había adoptado la forma de una espantosa bestia. Era casi tan voluminosa como un elefante, y el trono parecía no ser suficientemente fuerte para sostener su peso. La cabeza de la bestia era semejante a la de un rinoceronte, pero con cinco ojos en la cara. Cinco largos brazos salían de su cuerpo, y también tenía cinco delgadas y largas piernas. Su cuerpo estaba completamente cubierto de espeso y lanudo pelo. Nadie podría haber imaginado un monstruo más repelente. Fue una suerte que el Leñador de Hojalata no tuviera corazón por el momento, porque le habría empezado a latir violentamente a causa del terror. Al ser de hojalata, el Leñador no estaba tan asustado, aunque sí se sentía desengañado.

—Soy Oz, el Grande y Terrible —dijo el monstruo, con una voz que era un solo rugido—. ¿Quién eres tú, y por qué me buscas?

—Soy un leñador hecho de hojalata. Por consiguiente, no tengo corazón y soy incapaz de amar. Te ruego que me concedas un corazón, para que pueda ser como los demás hombres.

—¿Y por qué habría de hacerlo? —preguntó la bestia.

—Porque te lo suplico, y solo tú puedes concederme mi deseo —repuso el Leñador.

Oz lanzó un leve gruñido, pero contestó con aspereza:

—Si deseas tener corazón, has de ganártelo.

—¿Cómo? —quiso saber el Leñador.

—Ayudando a Dorothy a matar a la Malvada Bruja del Oeste —replicó el monstruo—. Ven a verme cuando la Bruja haya muerto, y entonces recibirás el corazón más grande, más amable y más tierno de todo el país de Oz.

También el Leñador de Hojalata tuvo que volver cabizbajo al lado de sus amigos y explicarles cómo era la horrible bestia que había visto. Todos expresaron su asombro ante las diversas formas que el Gran Mago sabía adoptar, y el León dijo:

—Si se ha convertido en una fiera, cuando yo llegue rugiré con toda mi fuerza y le asustaré tanto que me concederá todo lo que yo le pida. Y si es la hermosa dama, fingiré que voy a arrojarme sobre ella, para obligarla a complacerme. Y si es la enorme cabeza, estará a mi merced, porque la haré rodar por todo el salón hasta que prometa concedernos todo lo que deseamos. De modo que… ¡ánimo, amigos!, porque ahora todo se arreglará.

A la mañana siguiente, el soldado de los bigotes verdes condujo al León al Gran Salón del Trono y le invitó a entrar.

El León atravesó enseguida la puerta y pudo ver, sorprendido, que delante del trono había una bola de fuego tan potente y roja que apenas podía fijar la vista en ella. Lo primero que pensó fue que quizá Oz se había prendido fuego accidentalmente y estaba ardiendo. Pero cuando trató de acercarse, el calor se hizo tan intenso que le chamuscó los bigotes y le obligó a retroceder temblando hacia la puerta.

De pronto, la gran bola de fuego emitió una voz suave y tranquila. Estas fueron sus palabras:

—Soy Oz, el Grande y Terrible. ¿Quién eres tú, y por qué me buscas?

El León repuso:

—Yo soy solo un León Cobarde, que tiene miedo de todo. Vengo a rogarte que me des valor, para que pueda considerarme verdaderamente el Rey de los Animales, como me llaman los hombres.

—¿Y por qué habría de darte valor? —preguntó Oz.

—Porque eres el más grande de todos los magos, y solo tú tienes poder para concederme mi deseo —dijo el León.

La bola de fuego ardió furiosamente durante un rato, y luego volvió a hablar la voz:

—Tráeme pruebas de que la Malvada Bruja del Oeste ha muerto, y tendrás en el acto tu valor. Pero mientras la Bruja viva, serás un cobarde.

El León sintió un gran disgusto ante estas palabras, pero no pudo replicar nada, y mientras contemplaba en silencio la extraña bola de fuego, esta comenzó a despedir un calor tan insoportable que dio media vuelta y salió corriendo del salón. Se alegró de encontrar a sus amigos aguardándole, porque así pudo relatarles la terrible entrevista con el Mago.

—¿Qué podemos hacer ahora? —preguntó Dorothy, muy desanimada.

—Solo hay una solución —declaró el León—. Ir al país de los Winkies, buscar a la Malvada Bruja y destruirla.

—Imagina que no lo conseguimos —intervino la niña.

—Entonces, yo nunca tendré valor —dijo el León.

—Y yo no tendré nunca cerebro —añadió el Espantapájaros.

—Y yo no tendré nunca corazón —gimió el Leñador de Hojalata.

—Y yo no volveré a ver nunca a tía Em y a tío Henry —suspiró Dorothy, empezando a llorar.

—¡Cuidado! —chilló la doncella verde—. Tus lágrimas caerán sobre tu verde vestido de seda y lo mancharán.

La niña se enjugó los ojos y dijo:

—Creo que no nos queda más remedio que intentarlo, aunque sé muy bien que yo no deseo matar a nadie. ¡Ni siquiera lo haría por ver de nuevo a mi tía!

—Yo te acompañaré —prometió el León—, pero soy demasiado cobarde para matar a la Bruja...

—También yo iré —declaró el Espantapájaros—, aunque no creo que sea de mucha ayuda para vosotros. ¡Soy tan tonto!

—Y yo no tengo corazón ni para hacer daño a una bruja. Sin embargo, me uniré a vosotros —aclaró el Leñador de Hojalata.

Decidieron partir a la mañana siguiente. El Leñador afiló su hacha en una piedra de afilar verde y se engrasó cuidadosamente todas las articulaciones. El Espantapájaros se rellenó de paja fresca, y Dorothy le retocó los ojos con pintura para que viese mejor. La doncella verde, que era muy amable, llenó la cesta de ricos manjares y ató alrededor del cuello de Toto una cinta verde con un cascabel.

Aquella noche se acostaron todos muy temprano y durmieron profundamente hasta el amanecer, cuando les despertó el canto de un gallo verde que vivía en el patio posterior del palacio y el cacareo de una gallina que acababa de poner un huevo verde.

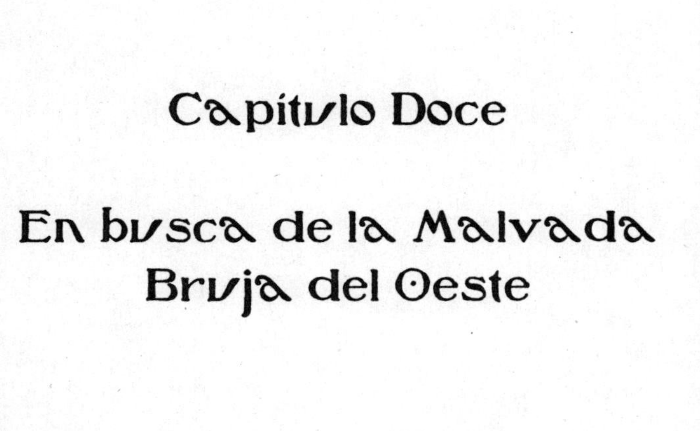

Capítulo Doce

En busca de la Malvada Bruja del Oeste

El soldado de los bigotes verdes les condujo por las calles de la Ciudad Esmeralda hasta el lugar donde vivía el Guardián de las Puertas. Este oficial les libró de sus gafas verdes, que volvió a guardar en la gran caja, y cortésmente abrió la gran puerta a nuestros amigos.

—¿Qué camino nos llevará al lugar donde reside la Malvada Bruja del Oeste? —preguntó Dorothy.

—No existe camino alguno —repuso el Guardián—, ni sé de nadie que quiera ir allí.

—Entonces ¿cómo la encontraremos? —inquirió la niña.

—Eso será fácil —dijo el hombre—. En cuanto ella se entere de que estáis en el país de los Winkies, dará con vosotros y os convertirá en sus esclavos.

—Quizá no —intervino el Espantapájaros—. Porque tenemos intención de destruirla.

—¡Ah, eso es otra cosa! —exclamó el Guardián de las Puertas—. Nadie la ha destruido hasta ahora. Por eso yo suponía que os haría sus esclavos, como ha hecho con todos los demás. Pero tened cuidado, porque es malvada y peligrosa, y no estará dispuesta a dejarse destruir. Seguid siempre hacia el Oeste, donde se pone el sol, y no tardaréis en dar con su paradero.

Los amigos le dieron las gracias, se despidieron de él e iniciaron su camino a través de campos de tierna hierba, salpicada aquí y allá por margaritas y ranúnculos. Dorothy todavía llevaba el bonito vestido de seda que se había puesto en el palacio, pero que ahora, para gran sorpresa suya, no era ya verde, sino blanco. También la cinta atada al cuello de Toto había perdido su tono verde y era tan blanca como el vestido de su ama.

Pronto dejaron atrás la Ciudad Esmeralda. A medida que avanzaban, el terreno se hacía más áspero y ondulado. No había casas ni granjas en esta región del Oeste, y la tierra estaba sin cultivar.

Por la tarde el sol les daba de lleno en el rostro, pues no había árboles que les ofreciesen sombra. Así, antes del anochecer, Dorothy, el perro y el León Cobarde estaban agotados y se echaron a dormir sobre la hierba mientras el Leñador de Hojalata y el Espantapájaros montaban guardia.

La Malvada Bruja del Oeste tenía un solo ojo, pero este era tan poderoso como un telescopio y podía verlo todo. Sentada en la puerta de su castillo, miró casualmente a su alrededor y descubrió a Dorothy dormida en el campo, rodeada de sus amigos. La distancia que les separaba era grande, pero a la Bruja le molestó verles en sus dominios y tocó un silbato de plata que llevaba colgado del cuello.

Inmediatamente acudieron hacia ella innumerables lobos, procedentes de todos los rincones. Tenían las patas muy largas, ojos fieros y afilados dientes.

—Atacad a esa gente y destrozadla —ordenó la Bruja.

—¿Acaso no piensas añadirla a tus esclavos? —preguntó el jefe de los lobos.

—No —contestó la Bruja—. Uno de los hombres es de hojalata y el otro de paja. Además veo una niña y también un león. Ninguno de ellos me serviría para el trabajo, así que despedazadlos.

—Muy bien —dijo el lobo, partiendo a toda prisa, seguido por sus compañeros.

Fue una suerte que el Leñador de Hojalata y el Espantapájaros estuvieran tan despiertos y oyeran acercarse a los lobos.

—Déjamelos a mí —dijo el Leñador—. Ponte detrás de mí y yo me encargaré de recibirles a medida que vayan llegando.

Alzó su hacha, que había afilado de nuevo, y cuando el lobo llegó, dejó caer el arma y le cortó la cabeza de un tajo. Apenas había vuelto a levantar el hacha cuando apareció el segundo lobo, que tuvo el mismo fin. Cuarenta lobos formaban la manada, y los cuarenta murieron bajo el hacha del Leñador de Hojalata y quedaron amontonados a sus pies.

El Leñador dejó el hacha y se sentó al lado del Espantapájaros, que dijo:

—¡Ha sido un buen combate, amigo mío!

Los dos esperaron a que Dorothy despertara a la mañana siguiente. La niña se asustó mucho al ver aquel montón de sucios y peludos lobos, pero el Leñador de Hojalata le explicó lo sucedido. Dorothy le dio las gracias por haberles salvado a todos y se dispuso a preparar el desayuno. Después de comer, los amigos reanudaron su camino.

Aquella misma mañana, la Malvada Bruja se asomó a la puerta de su castillo y miró a su alrededor con aquel único ojo tan potente. Entonces vio a todos sus lobos muertos, y descubrió también que los forasteros seguían su camino tan tranquilos. Esto la enfureció sobremanera y tocó dos veces el silbato de plata.

Inmediatamente acudió volando una enorme bandada de cuervos, tan grande que oscureció el cielo. Y la Malvada Bruja del Oeste dijo al rey de los cuervos:

—Atacad enseguida a los desconocidos. Arrancadles los ojos y hacedlos pedazos.

Los cuervos echaron a volar en dirección a Dorothy y sus compañeros. La niña se asustó mucho cuando los vio llegar, pero el Espantapájaros dijo:

—Dejádmelos a mí. Echaos al suelo junto a mí, y no os pasará nada.

Así que todos se echaron al suelo, con excepción del Espantapájaros, que permaneció de pie y con los brazos extendidos. Cuando los cuervos lo vieron, se asustaron mucho, como siempre les ocurre a estas aves cuando ven un espantapájaros, y ninguno de ellos se atrevió a acercarse más. Pero su rey dijo:

—Solo es un muñeco de paja. Yo le sacaré los ojos.

Y voló hasta él, pero el Espantapájaros lo agarró por la cabeza y le retorció el cuello hasta que lo mató. Entonces se atrevió un segundo cuervo, que corrió la misma suerte. Había cuarenta cuervos, y cuarenta cuellos retorció el Espantapájaros, hasta que a sus pies quedó un montón de aves muertas.

Acto seguido dijo a sus compañeros que ya podían levantarse, y de nuevo reanudaron el camino.

Cuando la Malvada Bruja del Oeste volvió a echar una ojeada y vio a todos sus cuervos muertos, su rabia fue terrible y tocó tres veces su silbato de plata.

Al instante se oyó un intenso zumbido en el aire y apareció un enjambre de abejas negras.

—¡Volad hacia los extranjeros y matadlos a picaduras! —ordenó la endemoniada Bruja, y las abejas dieron media vuelta y se lanzaron hacia donde caminaban Dorothy y sus amigos.

Pero el Leñador de Hojalata las distinguió desde lejos, y el Espantapájaros encontró enseguida la solución.

—Quítame toda la paja y espárcela por encima de la niña, del perro y del León —indicó—. De esta manera no podrán picarles.

Así lo hizo el Leñador de Hojalata; y como Dorothy se acurrucó junto al León con el perrito en brazos, la paja bastó para cubrirles por completo.

Llegaron las abejas y, como solo encontraron al Leñador, se arrojaron sobre él y rompieron sus aguijones contra la hojalata sin que el Leñador sintiera dolor alguno. Y como las abejas no pueden vivir cuando se les rompe el aguijón, aquello fue el fin de todo el enjambre, que quedó esparcido por el suelo alrededor del Leñador de Hojalata como pequeños montoncitos de fino carbón. Dorothy y el León se levantaron, y la niña ayudó al Leñador de Hojalata a rellenar otra vez de paja al Espantapájaros, que quedó como antes. Y de nuevo emprendieron la marcha.

La Malvada Bruja del Oeste se encolerizó de tal forma cuando vio a sus abejas negras reducidas a montoncitos como de fino carbón que pataleó y se tiró de los pelos y le rechinaron los dientes. Luego llamó a una docena de sus esclavos, que eran los Winkies, y les dio afiladas lanzas para que con ellas destruyesen a los desconocidos.

Los Winkies no eran muy valientes, pero tenían que obedecer y se encaminaron hacia el grupo. El León soltó entonces un tremendo rugido y se abalanzó sobre ellos, tras lo cual los pobres Winkies se asustaron tanto que huyeron como alma que lleva al diablo.

Cuando estuvieron de vuelta en el castillo, la Bruja les propinó unos buenos azotes con una correa y luego les ordenó que volvieran a su trabajo mientras ella se sentaba a pensar en la próxima forma de atacar a los intrusos. No entendía por qué habían fracasado todos sus intentos de destruirlos, pero, además de malvada, era una Bruja muy poderosa y pronto decidió lo que debía hacer.

En su armario guardaba un gorro de oro con un borde de diamantes y rubíes. Y ese gorro de oro tenía poderes mágicos. Su dueño podía llamar tres veces a los Monos Alados, que obedecerían en el acto cualquier orden. Pero nadie tenía derecho a servirse más de tres veces de esas extrañas criaturas. Ya en dos ocasiones había utilizado la Malvada Bruja esa fuerza mágica. Una, cuando hizo de los Winkies sus esclavos y se nombró a sí misma su soberana. Los Monos Alados la habían ayudado a ello. Y la segunda vez fue cuando luchó contra el propio Mago de Oz, arrojándole del país del Oeste. De nuevo habían acudido en su apoyo los Monos Alados. Por tanto, solo podría usar el gorro de oro una tercera vez, y no le gustaba hacerlo sin antes haber recurrido a todos sus demás recursos mágicos. Pero ahora que los fieros lobos, los crueles cuervos y las ponzoñosas abejas habían muerto, y los esclavos sentían terror del León Cobarde, comprendió que los Monos Alados constituían su última oportunidad de destruir a Dorothy y sus amigos.

De modo que la Malvada Bruja cogió el gorro de oro del armario y se lo puso. Se levantó después sobre su pie izquierdo y dijo:

—¡Ep-pe, pep-pe, kek-ke!

A continuación se apoyó en su pie derecho y agregó:

—¡Hi-la, he-la, hol-la!

Y por último se colocó sobre sus dos pies y bramó:

—¡Zis-si, zus-si, zzzim!

La magia empezó a actuar. El cielo se oscureció y un sordo rumor llenó los aires, transformándose en el intenso batir de numerosas alas, en una gran confusión de parloteos y risas... Y el sol salió de repente del oscuro cielo para iluminar a la Malvada Bruja del Oeste rodeada por multitud de monos, cada cual con un par de inmensas y poderosas alas en los hombros.

Uno de ellos, mucho mayor que los demás y que parecía su jefe, voló junto a la Bruja y dijo:

—Nos has llamado por tercera y última vez. ¿Qué ordenas?

—Ataca a los intrusos que han penetrado en mis dominios y destrúyelos a todos, menos al León —ordenó la Malvada Bruja—.Tráeme luego a esa bestia, porque tengo intención de enjaezarla como a un caballo y ponerla a trabajar.

—Tus órdenes serán obedecidas —dijo el jefe.

Al instante, entre grandes ruidos y parloteos, los Monos Alados se alejaron volando en dirección al lugar por donde avanzaban Dorothy y sus compañeros.

Algunos de los Monos se apoderaron del Leñador de Hojalata y se lo llevaron por los aires hasta un paraje cubierto de puntiagudas rocas. Allí soltaron al pobre Leñador, que cayó desde gran altura y quedó tan maltrecho y abollado entre los pedruscos que no pudo moverse ni emitir un gemido.

Otros Monos agarraron al Espantapájaros y, con sus largos dedos, le sacaron toda la paja del cuerpo y de la cabeza. A continuación hicieron un lío con su sombrero, sus botas y ropas, y lo lanzaron a las ramas más altas de un enorme árbol.

Los Monos restantes arrojaron recias cuerdas alrededor del León y le dieron muchas vueltas, de modo que el animal, inmovilizado el cuerpo, la cabeza y las patas, no pudiera morder ni dar zarpazos ni luchar de manera alguna. Los Monos Alados lo levantaron y lo llevaron volando al castillo de la Bruja, donde fue encerrado en un angosto patio rodeado de una alta reja, para que no pudiera escapar.

A Dorothy, en cambio, no le hicieron nada. Permanecía con su perrito en brazos, contemplando aterrada la triste suerte de sus compañeros y preguntándose cuándo le tocaría el turno. El jefe de los Monos Alados voló entonces hacia ella con sus peludos brazos muy extendidos y una horrible sonrisa en su monstruosa cara, pero al ver en su frente la marca de la Buena Bruja del Norte, se detuvo en seco e hizo señal a los otros de que no la tocaran.

—No debemos hacer daño alguno a esta niña —les dijo—, ya que la protegen las Fuerzas del Bien, que son superiores a las del Mal. Lo único que podemos hacer es trasladarla al castillo de la Malvada Bruja y dejarla allí.

Así pues, la tomaron delicadamente en brazos y la transportaron rápidamente por el aire hasta el castillo, donde Dorothy quedó depositada en el umbral de la puerta principal. El jefe de los Monos Alados habló de esta manera a la Malvada Bruja del Oeste:

—Te hemos obedecido en todo lo posible. El Leñador de Hojalata y el Espantapájaros están destruidos, y tienes al León atado en tu patio. Pero no nos atrevemos a hacer daño a la niña ni al perro que lleva en sus brazos. Tu poder sobre nosotros ha terminado, y no volverás a vernos.

Dicho esto, todos los Monos Alados levantaron el vuelo entre grandes ruidos, risas y parloteos, y pronto desaparecieron en el horizonte.

La Malvada Bruja del Oeste quedó tan sorprendida como preocupada al ver la señal en la frente de Dorothy, porque sabía de sobra que ni los Monos ni ella misma podrían hacerle el menor daño. Luego miró los pies de la niña y, al descubrir sus zapatos de plata, se echó a temblar de miedo. Conocía la fuerza mágica que estos poseían. De momento, la Bruja pensó salir huyendo de Dorothy, pero sus ojos se cruzaron con los de la niña y vio el alma tan sencilla que asomaba en ellos. Era evidente que la niña ignoraba la fuerza maravillosa que le conferían sus zapatos de plata. Entonces, la Bruja rió para sí y pensó: «Todavía puedo convertirla en mi esclava, ya que no sabe cómo utilizar la magia de sus zapatos». Y, a continuación, le dijo a Dorothy, con voz áspera y severa:

—Ven conmigo y procura obedecerme en todo, porque si no lo haces pondré fin a tu existencia, como lo hice con el Leñador de Hojalata y el Espantapájaros.

Dorothy la siguió a través de muchas de las espléndidas estancias del castillo hasta llegar a la cocina, donde la Bruja le ordenó limpiar las cazuelas y las marmitas, barrer el suelo y echar leña al fuego.

La niña se mostraba dócil y dispuesta a trabajar lo que hiciera falta, pues se alegraba de que la Malvada Bruja hubiera decidido no matarla.

Al ver tan ocupada a Dorothy, la Malvada Bruja del Oeste se dijo que podía ir al patio y enjaezar al León Cobarde como un caballo. Le divertiría hacerle tirar de su carroza cuando se le antojara ir a alguna parte.

Sin embargo, cuando abrió la puerta, el León lanzó un

rugido y saltó hacia ella con tanta fiereza que la Bruja se asustó y volvió a salir del patio, cerrando la reja tras ella.

—Si no puedo enjaezarte —dijo a través de los barrotes—, te dejaré morir de hambre. No probarás bocado hasta que obedezcas mis deseos.

A partir de entonces no dio comida al León prisionero, pero cada mediodía se acercaba a la reja y preguntaba:

—¿Estás dispuesto a ser enganchado a mi carroza, como un caballo?

Pero el León respondía:

—No. Si entras en este patio, te morderé.

La razón de que el León no necesitara obedecer a la Bruja era que cada noche, cuando la endemoniada mujer dormía, Dorothy le llevaba comida de la despensa. Después de cenar, el animal se tendía en su lecho de paja y la niña se acostaba a su lado, con la cabeza apoyada en su suave y espesa melena, y los dos hablaban de sus problemas y trataban de hallar el modo de escapar. Pero no veían posibilidad ninguna de salir de aquel castillo, ya que estaba constantemente vigilado por los amarillos Winkies, esclavos de la Malvada Bruja y demasiado miedosos para no hacer lo que ella les ordenaba.

Dorothy tenía que trabajar duramente a lo largo de todo el día, y no era raro que la Bruja la amenazara con azotarla con el viejo paraguas que siempre llevaba en la mano. Pero en realidad no se atrevía a hacerlo a causa de la señal que la niña llevaba en la frente. La pobrecilla Dorothy, que ignoraba esto, vivía llena de temor por sí misma y por Toto. Una vez, la Bruja le dio un paraguazo al perrito y este, ni corto ni perezoso, le saltó a la pierna y la mordió. Pero la herida de la Bruja no sangró, porque esta era tan mala que su sangre se había secado hacía muchos años.

La vida de Dorothy se fue haciendo muy triste a medida

que comprendía que su regreso a Kansas y a casa de tía Em era más difícil que nunca. A veces lloraba durante horas enteras, con Toto a sus pies, y el animal demostraba con sus gemidos la pena que le producía su desdichada amita. La verdad era que a Toto poco le importaba estar en Kansas o en el país de Oz, siempre que Dorothy le acompañara. Pero ahora sabía que la niña no era feliz, y él tampoco podía serlo.

La Malvada Bruja del Oeste codiciaba de mala manera los zapatos de plata que la pequeña siempre llevaba puestos. Sus abejas, cuervos y lobos yacían muertos, secándose al sol, y ella había agotado los poderes mágicos del gorro de oro. Pero aquellos zapatos de plata le darían más fuerza que todas las demás cosas perdidas... Y vigiló atentamente a la chiquilla, para ver si en algún momento se desprendía de los zapatos, con idea de robárselos. Pero Dorothy se sentía tan orgullosa del precioso calzado que solo se lo quitaba para dormir y cuando tomaba un baño. La Bruja tenía demasiado miedo de la oscuridad para penetrar de noche en el cuarto de la niña para apoderarse de los zapatos, y su temor al agua era todavía superior al que le infundía la oscuridad, de modo que nunca se acercaba cuando Dorothy estaba en el baño. Jamás tocaba el agua, ni permitía que el agua la tocara a ella de ninguna manera.

Sin embargo, la Malvada Bruja del Oeste era muy astuta, y al final ideó un truco que le proporcionaría lo que tanto ansiaba. Colocó una barra de hierro en medio del suelo de la cocina, y luego, con sus artes mágicas, la hizo invisible a los ojos humanos. Así fue como Dorothy, al andar por la cocina, tropezó con la barra, sin verla, y cayó al suelo tan larga como era. No se hizo mucho daño, pero en la caída perdió uno de sus zapatos y, antes de que pudiese cogerlo, la vieja Bruja se apoderó de él y se lo puso en su esquelético pie.

La endemoniada mujer estuvo satisfechísima del resultado de su truco, ya que poseer uno de los zapatos significaba tener también la mitad de sus poderes mágicos, y Dorothy no podía usarlos contra ella, aunque hubiera sabido cómo hacerlo.

La niña se disgustó mucho al ver que había perdido uno de sus zapatos de plata, y le gritó a la Bruja:

—¡Devuélveme enseguida mi zapato!

—No me da la gana —contestó la vieja—, porque ahora es mío, y no tuyo.

—¡Eres un ser malvado! —protestó Dorothy—. ¡No tienes ningún derecho a quitarme un zapato!

—De todas maneras me lo quedaré —dijo la Bruja, riéndose en su cara—. Y un día de estos me apoderaré también del otro.

Esto indignó tanto a la niña que tomó un cubo de agua que tenía cerca y lo vació encima de la malvada mujer, mojándola de la cabeza a los pies.

Al instante, la Bruja lanzó un grito de terror y, mientras Dorothy la miraba con asombro, empezó a encogerse y derretirse.

—¡Mira lo que has hecho! —chilló—. ¡En menos de un minuto me habré derretido!

—¡Lo siento de veras! —exclamó la niña, realmente impresionada al ver que la Bruja se derretía ante sus ojos como si fuera de azúcar.

—¿Acaso no sabías que el agua podía significar mi fin? —graznó la maldita vieja con voz llorosa y desesperada.

—¡Claro que no! —contestó la niña—. ¿Cómo iba a saberlo?

—Pues bien... En unos minutos me habré derretido y tú serás dueña del castillo. Fui mala en mis días, pero nunca creí que una niña pequeña como tú fuese capaz de derretirme y poner fin a mis fechorías... Cuidado, ¡me voy!

Con estas palabras, la Bruja acabó de convertirse en una parda masa informe, que se fue extendiendo por todo el limpio suelo de madera de la cocina. Al comprobar que de veras se había derretido, Dorothy sacó del pozo otro cubo de agua y lo arrojó sobre aquellos restos pegajosos. Luego lo barrió todo hasta sacarlo por la puerta, no sin antes recoger el zapato de plata, que era todo cuanto había quedado de la vieja. Después de lavarlo bien y secarlo con un paño, se lo volvió a poner. Y entonces, sintiéndose por fin libre de hacer lo que quisiera, corrió al patio para contarle al León que la Malvada Bruja del Oeste había desaparecido para siempre, y que ya no se hallaban prisioneros en un país extraño.

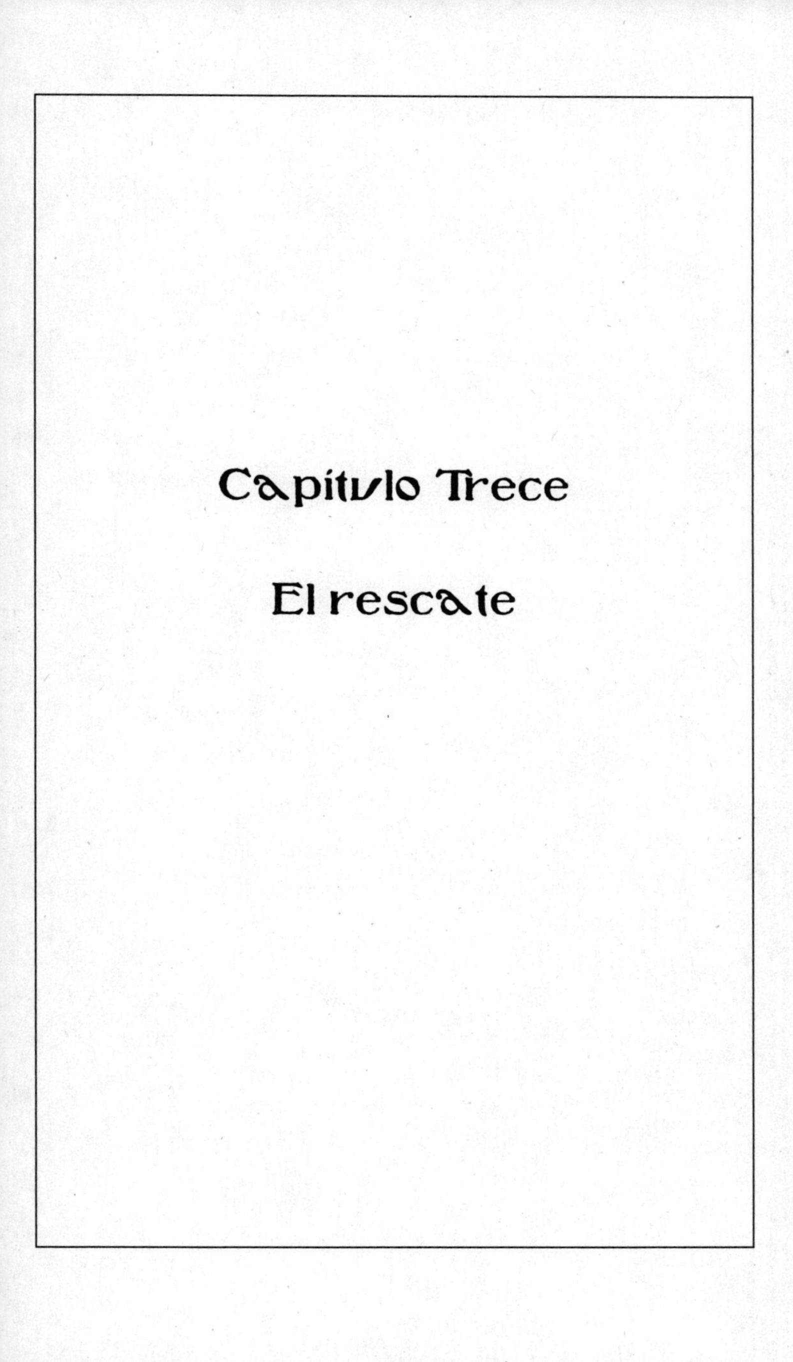

Capítulo Trece

El rescate

El León Cobarde sintió una inmensa alegría al saber que un cubo de agua había derretido a la Malvada Bruja, y Dorothy abrió enseguida la puerta de su prisión. Juntos entraron en el castillo, donde lo primero que hizo la niña fue convocar a todos los Winkies para comunicarles que habían dejado de ser esclavos.

Hubo un gran regocijo entre aquellos seres amarillos, ya

que durante muchos años habían tenido que trabajar duramente para la Malvada Bruja del Oeste, que además les trataba con suma crueldad. Declararon festivo el día, lo pasaron entre bailes y banquetes, y desde entonces lo celebran cada año.

—Yo me sentiría completamente feliz si nuestros amigos, el Espantapájaros y el Leñador de Hojalata, estuvieran con nosotros —dijo el León.

—¿No crees que podríamos rescatarles? —preguntó la niña, ansiosa.

—Lo intentaremos —contestó el León.

Llamaron a los amarillos Winkies y les preguntaron si les ayudarían a rescatar a sus compañeros. Naturalmente, los pequeños seres declararon que nada les complacería tanto como hacer algo por Dorothy, que les había librado de su esclavitud. Así pues, la niña eligió a los Winkies que le parecieron más listos, y todos partieron juntos. El camino les llevó el resto del día y parte del siguiente, hasta que por fin llegaron a la rocosa llanura donde yacía el Leñador de Hojalata, maltrecho y torcido. El hacha se hallaba cerca de él, pero la hoja se había oxidado y el mango estaba roto.

Los Winkies levantaron al herido con gran delicadeza y lo transportaron al castillo. Dorothy no pudo contener las lágrimas al ver el triste estado de su fiel amigo, y el León marchaba a su lado con cara seria y preocupada. De regreso en el amarillento castillo, la niña dijo a los Winkies:

—¿Tenéis entre vosotros algún hojalatero?

—¡Oh, sí! Algunos son muy buenos —le respondieron.

—Traédmelos, entonces.

Y en cuanto llegaron los hojalateros con todas sus herramientas en unas cestas, Dorothy preguntó:

—¿Podréis enderezar las abolladuras de nuestro amigo, devolverle su forma y soldar lo que tenga roto?

Los hojalateros examinaron con detenimiento al Leñador y contestaron que podían dejarlo como nuevo. Se pusieron manos a la obra en una de las grandes salas amarillas del castillo y trabajaron durante tres días y cuatro noches, venga a martillear y torcer, enderezar y soldar, batir y pulir las piernas, los brazos, el cuerpo y la cabeza del Leñador de Hojalata, hasta que este recobró su antigua forma y sus articulaciones funcionaron a la perfección. Desde luego se notaban en él algunos remiendos, pero los hombrecillos habían realizado un excelente trabajo, y como el Leñador no era un hombre presumido, poco le importaban aquellos parches.

Cuando por fin se encaminó a la habitación de Dorothy para darle las gracias por su rescate, iba tan contento que derramó algunas lágrimas de alegría. La niña tuvo que enjugárselas cuidadosamente con su delantal para que no se le oxidaran las articulaciones. También a ella le caían gruesas lágrimas de felicidad por tener de nuevo a su lado a su compañero sano y salvo, pero esas lágrimas no necesitaron ser enjugadas. En cuanto al León, se frotó tantas veces los ojos con la borla de su cola que esta quedó empapada y el animal tuvo que salir al patio y ponerla tiesa al sol, hasta que se le secó.

—Si tuviéramos con nosotros al Espantapájaros —dijo el Leñador de Hojalata cuando Dorothy terminó de explicarle todo lo ocurrido—, sería completamente feliz.

—Debemos intentar encontrarle —decidió la niña.

Así que volvió a llamar a los Winkies y, juntos, caminaron durante todo el día y parte del siguiente hasta dar con el gran árbol en cuya copa los Monos Alados habían arrojado las prendas del Espantapájaros.

Era un árbol de extraordinaria altura, y el tronco era tan liso que nadie podía trepar por él. Entonces dijo el Leñador de Hojalata:

«Los hojalateros trabajaron durante tres días
y cuatro noches.»

—Voy a talarlo, y de ese modo recobraremos las prendas.

Mientras los hojalateros habían estado remendando al Leñador, otro Winkie, que era orfebre, había hecho un mango de oro macizo para el hacha del Leñador y lo había sujetado a la hoja en lugar del viejo mango roto. Otros habían pulido la hoja hasta eliminar todo resto de herrumbre, y ahora brillaba como plata bruñida.

El Leñador de Hojalata se puso inmediatamente a talar y el árbol no tardó en caer con estrépito; las ropas del Espantapájaros se desprendieron de las ramas y rodaron por el suelo.

Dorothy las recogió y todos volvieron al castillo, donde las prendas fueron rellenadas de paja limpia y fresca. Y, ¡fijaos bien!, allí estaba de nuevo el Espantapájaros, como si nada le hubiera ocurrido, agradeciéndoles una y otra vez que le hubieran salvado.

Ahora que volvían a estar juntos, Dorothy y sus amigos pasaron unos cuantos días de feliz descanso en el Castillo Amarillo, donde disponían de todo lo necesario para su comodidad. Pero llegó el momento en que la niña se acordó de su tía Em y dijo:

—Tenemos que regresar a Oz y recordar su promesa al Mago.

—Sí —asintió el Leñador de Hojalata—. Por fin conseguiré mi corazón.

—Y yo obtendré mi cerebro —añadió el Espantapájaros, loco de alegría.

—Y yo, mi valor —dijo por su parte el León, muy pensativo.

—¡Y yo volveré a Kansas! —exclamó la niña, palmoteando llena de ilusión—. ¡Partamos mañana mismo hacia la Ciudad Esmeralda!

Así lo decidieron. Al día siguiente llamaron a todos los

Winkies y les dijeron adiós. Los Winkies sentían pena por su partida, y estaban tan encariñados con el Leñador de Hojalata que le suplicaron que permaneciera entre ellos y gobernara la Amarilla Tierra del Oeste. Pero al ver que los amigos habían decidido irse, regalaron a Toto y al León sendos collares de oro. A Dorothy le ofrecieron una preciosa pulsera de diamantes; para el Espantapájaros, el presente consistió en un bastón con puño de oro, para que no tropezara tanto, y al Leñador de Hojalata le regalaron una aceitera de plata con incrustaciones de oro y piedras preciosas.

Cada uno de los viajeros dedicó un bonito discurso de agradecimiento a los Winkies y todos estrecharon sus manos hasta que les dolieron los brazos.

Dorothy se dirigió a la despensa de la Bruja para llenar su cesta de provisiones, y entonces descubrió el gorro de oro. Se lo probó y resultó que era exactamente de su medida. Ignoraba por completo que fuera mágico, pero vio que era bonito y se lo llevó puesto, guardando el suyo en la cesta.

Preparados ya para el viaje, partieron hacia la Ciudad Esmeralda mientras los Winkies daban tres vítores en su honor y les deseaban la mejor suerte.

Capítulo Catorce

Los Monos Alados

Recordaréis que no existía camino —ni la más estrecha senda— entre el castillo de la Malvada Bruja del Oeste y la Ciudad Esmeralda.

Cuando los cuatro viajeros fueron en busca de la endemoniada vieja, ella les había visto acercarse y envió entonces a los Monos Alados para que se los trajeran. Ahora que tenían que regresar caminando, era mucho más difícil encontrar el camino a través de los extensos campos de ranúnculos y brillantes margaritas. Sabían, desde luego, que debían dirigirse directamente hacia el Este, en dirección al sol naciente, y así lo hicieron. Pero al mediodía, cuando el sol brillaba por encima de sus cabezas, no supieron ya dónde quedaba el Este y dónde el Oeste, y esta fue la causa de que se extraviaran. No obstante siguieron caminando y al llegar la noche salió una brillante luna. Cansados, se echaron entre las aromáticas florecillas amarillas y durmieron profundamente hasta que se hizo de día: todos menos el Espantapájaros y el Leñador de Hojalata.

A la mañana siguiente el sol se ocultaba detrás de una nube pero ellos continuaron su camino como si estuvieran muy seguros del que debían seguir.

—Si caminamos lo suficiente —dijo Dorothy—, sin duda llegaremos a alguna parte.

Pero pasó un día tras otro, y los amigos no veían más que campos amarillos ante ellos. El Espantapájaros empezó a refunfuñar un poco.

—Está claro que nos hemos perdido —dijo—, y si no volvemos a encontrar el camino de la Ciudad Esmeralda, nunca conseguiré mi cerebro.

—Ni yo mi corazón —añadió el Leñador de Hojalata—. Apenas puedo esperar el momento de ver a Oz, y tenéis que admitir que este viaje se está haciendo muy largo.

—Y yo no tengo valor para seguir trotando siempre, sin llegar a ningún sitio —se quejó el León, plañidero.

Al fin, Dorothy se desanimó. Se dejó caer sobre la hierba y miró a sus compañeros, y también ellos se sentaron y se quedaron mirándola a ella. Por su parte, Toto descubrió que por primera vez en su vida se sentía demasiado cansado para perseguir a una mariposa que revoloteaba por encima de su cabeza. Así pues, sacó la lengua y jadeó, y contempló a Dorothy como si quisiera preguntarle qué pensaba hacer.

—¿Y si llamáramos a los ratones de campo? —sugirió la

niña—. Seguramente podrían indicarnos el camino de la Ciudad Esmeralda.

—¡Sin duda podrían! —exclamó el Espantapájaros—. ¿Cómo no se nos había ocurrido antes?

Dorothy hizo sonar el pequeño silbato que siempre llevaba colgado del cuello desde que se lo regalara la Reina de los ratones. Al cabo de escasos minutos percibieron el ruido de numerosas patitas, y enseguida asomaron a su alrededor los ratones grises. Entre ellos estaba la Reina, que preguntó con su menuda voz chillona:

—¿Qué puedo hacer por mis amigos?

—Nos hemos extraviado —contestó Dorothy—. ¿Puedes decirnos dónde está la Ciudad Esmeralda?

—Desde luego —dijo la Reina—, pero queda muy lejos de aquí, porque la habéis tenido a vuestras espaldas todo el tiempo. —Pero entonces observó el gorro de oro que llevaba la niña, y agregó—: ¿Por qué no haces uso de la magia de ese gorro y llamas a los Monos Alados? Ellos os conducirán a la Ciudad Esmeralda en menos de una hora.

—Yo no sabía que el gorro estuviese encantado —respondió la niña, sorprendida—. ¿En qué consiste su magia?

—Se halla escrita en el interior del gorro de oro —explicó la Reina de los ratones—. Pero si vas a llamar a los Monos Alados, nosotros tenemos que salir corriendo de aquí, porque son muy traviesos y se divierten atormentándonos.

—¿Y a mí no me harán daño? —inquirió Dorothy con preocupación.

—¡Oh, no, de ninguna manera! Tienen que obedecer a quien lleve el gorro de oro. ¡Adiós!

Y desapareció más que deprisa, seguida por todos sus ratones.

Dorothy examinó el interior del gorro de oro y vio unas palabras escritas en el forro. «En ellas debe de residir la magia», pensó, de modo que leyó las instrucciones y se puso el gorro de oro.

—¡Ep-pe, pep-pe, kek-ke! —dijo, apoyada en su pie izquierdo.

—¿Qué significa eso? —quiso saber el Espantapájaros, que no entendía nada de nada.

—¡Hi-la, he-la, hol-la! —continuó la niña, ahora sosteniéndose sobre su pie derecho.

—¡Hola! —respondió tranquilamente el Leñador de Hojalata.

—¡Zis-si, zus-si, zzzim! —dijo ahora Dorothy, apoyada en sus dos pies.

Con ello había terminado de pronunciar el conjuro. Inmediatamente oyeron un intenso parloteo, acompañado de un gran batir de alas. Era la banda de los Monos Alados que acudía a la llamada. El Rey hizo una profunda reverencia ante Dorothy y preguntó:

—¿Qué ordenas?

—Deseamos ir a la Ciudad Esmeralda —dijo la niña—, pero nos hemos extraviado.

—Nosotros os llevaremos —respondió el Rey.

Al instante, dos de los monos alzaron a Dorothy en sus brazos y se alejaron volando con ella. Otros se hicieron cargo del Espantapájaros, del Leñador de Hojalata y del León, y un mono pequeñito agarró a Toto y echó a volar tras ellos, pese a que el perro intentaba morderle por todos los medios.

Al principio, el Espantapájaros y el Leñador de Hojalata estaban bastante asustados, porque recordaban lo mal que los Monos Alados les habían tratado antes, pero pronto comprendieron que esta vez no iban a hacerles daño y se dejaron llevar tranquilamente por los aires, contemplando de paso los preciosos prados y bosques que se extendían abajo.

Dorothy se encontró cómodamente transportada por dos de los monos más grandes, uno de los cuales era el propio Rey. Habían formado una silla con sus manos y procuraban no lastimarla en absoluto.

—¿Por qué tenéis que obedecer las órdenes de quien lleva puesto el gorro de oro? —preguntó.

—Es una larga historia —contestó el Rey con una risa—. Pero dado que el viaje también va a ser largo, pasaré el tiempo contándotela, si quieres.

—Me gustará mucho oírla —dijo Dorothy.

—Antaño —comenzó el mono—, nosotros éramos un pueblo libre, que vivía dichoso en la inmensa selva, volando de árbol en árbol. Comíamos frutas y nueces y hacíamos lo que nos apetecía, sin tener que obedecer a nadie. Es posible que algunos de nosotros fuéramos demasiado traviesos a veces, porque nos lanzábamos al suelo para tirar de la cola a los animales que no tenían alas, cazábamos pájaros y arrojábamos nueces a la gente que caminaba por la selva. Pero nosotros vivíamos despreocupados, felices y divertidos, aprovechando cada minuto del día. Esto fue hace largos años, mucho tiempo antes de que Oz descendiera de las nubes para reinar sobre este país.

»Lejos de aquí, en el extremo Norte, vivía entonces una bella princesa, que a la vez era una hechicera muy poderosa. Empleaba toda su magia para ayudar a la gente, y nunca se oyó decir que hubiese hecho daño a una persona buena. Se llamaba Alegrita y residía en un hermoso palacio construido con grandes bloques de rubí. Todo el mundo la quería, pero su pena era que no encontraba a nadie a quien ofrecer su amor, dado que todos los hombres eran demasiado estúpidos y feos para casarse con una mujer tan guapa y sabia. Por último, sin embargo, conoció a un muchacho gentil, valeroso y más inteligente de lo que le correspondía por sus pocos años. La princesa se dijo que cuando creciera y se convirtiese en un hombre, se casaría con él, de modo que se lo llevó a su palacio de rubí y utilizó todas sus artes mágicas para hacerle fuerte y bueno, y tan cariñoso como una mujer pudiera desear. Cuando el muchacho, que se llamaba Quelala, llegó a la edad adulta, tenía fama de ser el mejor y más sabio joven de todo el país, y su belleza era tan grande que Alegrita le amaba profundamente y aceleró todos los preparativos para la boda.

»Mi abuelo era en aquellos días el Rey de los Monos Alados que vivían en el bosque próximo al palacio de Alegrita, y se divertía más con una broma que con una buena comida. Un día, cuando faltaba ya muy poco para la boda, mi abuelo revoloteaba por allí con una bandada cuando vio a Quelala paseando por la orilla del río. Vestía un rico traje de seda rosa y terciopelo morado, y al viejo se le antojó gastarle una broma pesada. Una breve orden suya, y los monos descendieron volando y agarraron a Quelala para llevarle al centro del río, y allí le dejaron caer al agua.

»—¡Sal a nado, mi elegante amigo! —le gritó mi abuelo—. ¡A ver si el agua ha manchado tus ropas!

»Quelala era demasiado listo para no ponerse a nadar, y su buena suerte no le había convertido en un malcriado. Por lo tanto, se echó a reír en cuanto salió a la superficie y ganó la orilla a nado. Pero cuando Alegrita acudió corriendo, encontró sus ropas totalmente estropeadas por el agua.

»La princesa se enfadó muchísimo, porque además sabía de sobra quiénes habían hecho aquello. Así que mandó llamar a todos los Monos Alados y lo primero que dispuso fue que les ataran las alas y que fuesen tratados como ellos habían tratado a Quelala, es decir, que los arrojasen al río. Pero mi abuelo suplicó a la princesa que tuviera compasión de ellos, ya que los monos se ahogarían en las aguas, con las alas atadas, y el propio Quelala intervino en su favor. Alegrita acabó por perdonarles la vida, aunque con la condición de que, en adelante, los Monos Alados tendrían que obedecer tres veces las órdenes del poseedor del gorro de oro. Este era un regalo de bodas encargado por ella para Quelala, y se dice que le había costado casi la mitad de su reino. Mi abuelo y todos los demás Monos aceptaron la condición, como es lógico, y es por eso que somos esclavos de los tres deseos del dueño del gorro de oro, sea este quien sea.

—¿Y qué fue de ellos? —preguntó Dorothy, a quien la historia había interesado mucho.

—Quelala fue el primer poseedor del gorro de oro y, naturalmente, también fue el primero en imponernos sus deseos. Como su novia no soportaba nuestra presencia, una vez casado nos llamó a todos al bosque y nos ordenó permanecer para siempre donde Alegrita no pudiera volver a ver ni un solo Mono Alado, cosa que nos alegró mucho, porque la verdad es que le teníamos miedo.

»Eso fue cuanto tuvimos que hacer hasta que el gorro de oro cayó en manos de la Malvada Bruja del Oeste, que nos ordenó esclavizar a los Winkies y después incluso echó a Oz del país. Ahora el gorro de oro es tuyo, y tienes derecho a expresar tres deseos.

Cuando el Rey de los Monos Alados terminó su historia, Dorothy miró hacia abajo y vio las verdes y relucientes murallas de la Ciudad Esmeralda a poca distancia de ellos. Le sorprendió la rapidez con que volaban los monos, pero se alegró de que el viaje hubiese llegado a su fin. Las extrañas criaturas depositaron a los amigos con todo cuidado en el suelo, delante de la puerta de la ciudad; el Rey saludó con una reverencia a Dorothy y partió veloz, seguido de toda su bandada.

—Ha sido un viaje cómodo —dijo la niña.

—Sí, y una manera rápida de solucionar nuestros problemas —añadió el León—. ¡Qué suerte que te llevaras ese maravilloso gorro de oro!

Capítulo Quince

El descubrimiento de Oz el Terrible

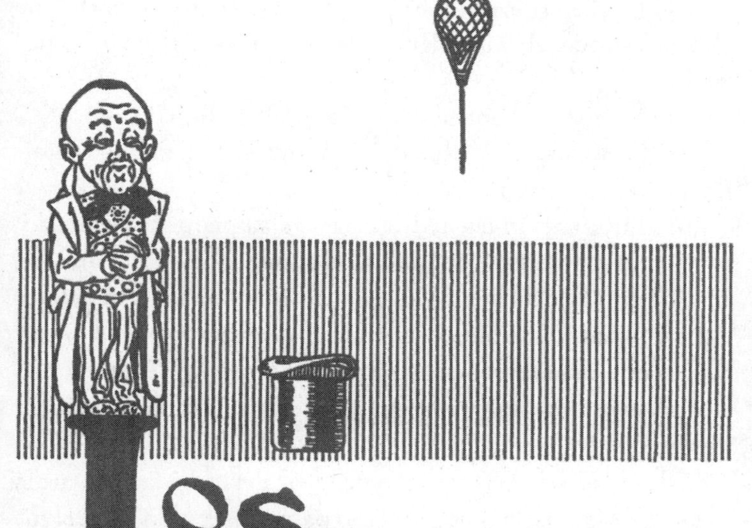

Los cuatro viajeros se encaminaron a la gran puerta de la Ciudad Esmeralda y llamaron al timbre. Tras insistir varias veces, acudió a abrirles el mismo Guardián de las Puertas que ya conocían.

—¿Cómo? ¿Ya estáis de vuelta? —exclamó, lleno de sorpresa.

—¡Claro! ¿Es que no nos ves? —respondió el Espantapájaros.

—Pero yo creía que habíais ido a visitar a la Malvada Bruja del Oeste…

—Y la hemos visitado —dijo el Espantapájaros.

El hombre no salía de su asombro.

—Pero... ¿y os dejó marchar?

—No pudo impedirlo, porque se derritió —explicó el Espantapájaros.

—¿La Bruja derretida? ¡Caramba, esa sí que es una buena noticia! —dijo el Guardián de las Puertas—. ¿Quién la derritió?

—Dorothy —contestó el León, muy serio.

—¡Cielo santo! —exclamó el hombre, haciendo enseguida una reverencia ante la niña.

A continuación les invitó a pasar a su pequeña estancia y sujetó a las cabezas de todos las gafas que sacó de la gran caja, como hizo la otra vez. Luego entraron por la gran puerta de la Ciudad Esmeralda, y cuando la gente supo por el Guardián que habían derretido a la Malvada Bruja del Oeste, rodeó a los recién llegados y les siguió en gran número al palacio de Oz.

El soldado de los bigotes verdes estaba todavía de guardia delante de la puerta, pero les hizo pasar enseguida, y en el interior encontraron también a la bella doncella verde, que les condujo a sus antiguas habitaciones para que pudiesen descansar hasta que el Gran Oz estuviera dispuesto a recibirles.

El soldado se había apresurado a comunicar a Oz que Dorothy y los demás viajeros estaban de regreso, después de destruir a la Malvada Bruja, pero Oz no dijo nada. Todos creían que el Gran Mago les mandaría llamar inmediatamente, pero no lo hizo. No tuvieron noticia de él al día siguiente, ni tampoco al otro ni al otro. La espera se hacía pesada y agotadora, y al final acabaron molestos de que Oz les tratara de manera tan descortés después de haberles obligado a enfrentarse con tantos peligros y hasta con la esclavitud. Así pues, el

Espantapájaros rogó a la muchacha verde que transmitiera otro mensaje a Oz, diciéndole que, si no les recibía en el acto, llamarían a los Monos Alados para que les ayudaran y descubrirían si él pensaba mantener sus promesas. Cuando el Mago recibió este mensaje, se alarmó tanto que les envió recado de que se presentaran en el Salón del Trono a las nueve y cuatro minutos de la mañana siguiente. Una vez se había topado con los Monos Alados en el país del Oeste, y no tenía ganas de volver a verles.

Los cuatro amigos pasaron la noche casi en vela, cada cual pensando en el premio que Oz le había prometido. Dorothy durmió solo un rato, y entonces soñó que estaba en Kansas, donde su tía Em le decía lo contenta que estaba de tener de nuevo con ella a su pequeña.

El soldado de los bigotes verdes acudió en busca de ellos a las nueve en punto de la mañana y cuatro minutos más tarde entraban todos en el Salón del Trono del Gran Oz.

Lógicamente, cada uno de ellos esperaba ver al Mago bajo la forma en que lo encontró la vez anterior, y la sorpresa de todos fue extraordinaria cuando miraron a su alrededor y no pudieron hallar a nadie. Se quedaron todos muy juntos cerca de la puerta, porque el silencio del salón vacío era todavía peor que cualquiera de las formas que Oz había adoptado antes.

De pronto oyeron una voz que parecía proceder de algún lugar próximo a la punta de la gran cúpula, y que dijo en tono solemne:

—Soy Oz, el Grande y Terrible. ¿Por qué me buscáis?

Los amigos escudriñaron nuevamente todos los rincones de la sala, y al no ver a nadie, Dorothy preguntó:

—¿Dónde estás?

—Estoy en todas partes —contestó la voz—, pero para

los ojos de los vulgares mortales soy invisible. Ahora tomaré asiento en el trono, para que podáis conversar conmigo.

En efecto, la voz pareció salir entonces del mismo trono, de modo que los cuatro se adelantaron, colocándose en fila ante el misterioso ser mientras Dorothy decía:

—Hemos venido a reclamar tus promesas, Oz.

—¿Qué promesas? —preguntó la voz.

—Prometiste devolverme a Kansas en cuanto la Malvada Bruja hubiera sido destruida —dijo la niña.

—Y prometiste darme cerebro —dijo el Espantapájaros.

—Y prometiste darme un corazón —dijo el Leñador de Hojalata.

—Y prometiste darme valor —agregó el León Cobarde.

—¿Está realmente destruida la Malvada Bruja del Oeste? —inquirió la voz, que a Dorothy le pareció un poco temblorosa.

—¡Sí! —declaró esta—. Yo la derretí con un cubo de agua.

—¡Válgame el Gran Trasgo! —tronó la voz—. ¡Qué cosa tan inesperada! Volved mañana, porque necesito tiempo para reflexionar.

—¡Has tenido ya tiempo suficiente! —protestó el Leñador de Hojalata, enfadado.

—¡No estamos dispuestos a esperar ni un día más! —intervino el Espantapájaros.

—¡Tienes que mantener tus promesas! —exclamó Dorothy.

El León pensó que no sería mala idea asustar al Mago, de modo que lanzó un rugido tan fuerte y horrible que Toto se apartó de un salto y fue a chocar con el biombo que había en un rincón. Cuando este cayó con estrépito, todos miraron hacia allá y… ¡cuál no sería su sorpresa al ver que, en el lugar que había estado oculto tras el biombo, había un hombre menudo y viejo, de cabeza calva y cara arrugada, que parecía tan asombrado como ellos mismos!

El Leñador de Hojalata levantó el hacha, se adelantó hacia el pequeño individuo y gritó:

—¿Quién eres tú?

—Yo soy Oz, el Grande y Terrible —contestó el hombrecillo con voz temblorosa—. ¡Pero no me golpees, por favor, y haré todo lo que me pidas!

Nuestros amigos le miraron con asombro y decepción.

—Yo creía que Oz era una enorme cabeza —dijo Dorothy.

—Y yo pensaba que era una dama encantadora —añadió el Espantapájaros.

—Pues yo creía que Oz era una bestia espantosa —intervino el Leñador de Hojalata.

—Pues yo... ¡yo pensaba que Oz era una bola de fuego! —exclamó el León.

—Nada de eso. Todos estabais equivocados —explicó humildemente aquel hombre menudo—. Estaba fingiendo.

—¿Fingiendo? —gritó Dorothy—. ¿Acaso no eres un Gran Brujo?

—¡Chitón, pequeña! —dijo el viejo—. No hables tan alto, que pueden oírte, y eso sería mi ruina. Todos creen que yo soy un poderoso mago.

—¿Y no lo eres? —inquirió la niña.

—En absoluto, querida. Soy un hombre normal y corriente.

—Eres más que eso —señaló el Espantapájaros—. ¡Eres un farsante!

—Exactamente —confesó el hombrecillo frotándose las manos como si estuviera encantado de la situación—. ¡Soy un farsante!

«Exactamente. ¡Soy un farsante!»

—Pero ¡esto es terrible! —exclamó el Leñador de Hojalata—. ¿Cómo obtendré ahora mi corazón?

—¿Y yo mi valor? —rugió el León.

—¿Y yo mi cerebro? —se lamentó el Espantapájaros, a la vez que se enjugaba las lágrimas con la manga.

—Queridos amigos —respondió Oz—, os ruego que no mencionéis esas pequeñeces. ¡Pensad en mí y en el tremendo problema que me aguarda si me descubren!

—¿Alguien más sabe que eres un farsante? —preguntó Dorothy.

—Nadie más que vosotros cuatro... y yo mismo —repuso Oz—. He engañado a todo el mundo durante tanto tiempo que confiaba en que nadie lo descubriría nunca. Fue un gran error dejaros entrar en el Salón del Trono. Por regla general no veo ni a mis propios súbditos, y por eso creen que soy algo terrible.

—No entiendo; en tal caso, ¿cómo te me apareciste como una enorme cabeza? —dijo la niña, aturdida.

—Era uno de mis trucos —contestó Oz—. Venid por aquí, por favor, y os lo explicaré todo.

Se encaminó a un reducido cuartito situado detrás del Salón del Trono, y todos le siguieron. Una vez allí, el hombre señaló un rincón donde descansaba la enorme cabeza, hecha de varias capas de papel y con una cara cuidadosamente pintada.

—La colgué del techo con un alambre —dijo Oz—.Yo permanecía detrás del biombo y tiraba de un hilo para mover los ojos y la boca.

—Pero... ¿y la voz? —quiso saber Dorothy.

—Verás... Soy ventrílocuo —reconoció el hombre—, y puedo proyectar el sonido de mi voz a donde yo quiera. Tú, por ejemplo, quedaste convencida de que procedía de la cabeza. Y aquí están las demás cosas que empleé para engañaros a todos.

Mostró al Espantapájaros el vestido y la máscara que había usado para hacerse pasar por una hermosa dama, y el Leñador de Hojalata vio que el monstruoso animal no era más que un montón de pieles unidas entre sí, con unas tablillas para hacer sobresalir los miembros. En cuanto a la bola de fuego, el falso mago la había colgado también del techo. En realidad se trataba de una gran pelota de algodón, que ardía furiosamente si él le echaba aceite por encima.

—La verdad —le acusó el Espantapájaros— es que deberías avergonzarte de ser tan gran farsante.

—Es verdad, es verdad; tenéis razón —contestó el hombrecillo con tristeza—. Pero era lo único que podía hacer. Sentaos, por favor. Hay suficientes sillas. Voy a contaros mi historia.

Así pues, tomaron asiento y se dispusieron a escuchar el relato del viejo.

—Nací en Omaha...

—¡Caramba, si eso no queda lejos de Kansas! —exclamó la niña.

—No. Queda más lejos de aquí —dijo el hombre moviendo tristemente la cabeza—. Cuando crecí me convertí en ventrílocuo y fui educado por un gran maestro. Puedo imitar cualquier voz de pájaro o de animal. —Tras decir esto imitó tan bien el maullido de un gatito que Toto aguzó las orejas y buscó al minino por todas partes—. Al cabo de un tiempo, cansado de aquel trabajo, me hice aeronauta.

—¿Y eso qué es? —preguntó Dorothy.

—Un hombre que sube en globo cuando llega el circo, para que la gente se aglomere abajo y se anime a pagar para ver la función —explicó.

—¡Ah! Ya lo entiendo —dijo la niña.

—Pues bien, un día ascendí en un globo y las cuerdas se enredaron, de forma que no pude volver a bajar. Subí y subí muy por encima de las nubes hasta que una corriente de aire me arrastró durante muchos kilómetros. Viajé por los aires durante un día y una noche, y a la mañana del segundo día me hallé flotando sobre un extraño y precioso país.

»El globo descendió poco a poco, sin que yo sufriera el menor daño. Pero entonces me vi en medio de gentes muy extrañas que, al contemplar mi descenso de las nubes, creyeron que yo era un Gran Mago. Y yo dejé que lo creyeran, porque tenían miedo de mí y prometieron hacer todo lo que yo quisiera.

»Con la única intención de divertirme y mantener ocupados a mis súbditos, ordené construir esta ciudad y mi palacio, y todos lo hicieron de buena gana y bien. Entonces me dije que, como el lugar era tan verde y bonito, le pondría el nombre de la Ciudad Esmeralda, y para que el nombre fuera más apropiado ordené poner gafas verdes a todo el mundo, para que todo lo que vieran fuera verde.

—¿Acaso no es todo verde aquí? —preguntó Dorothy.

—No más verde que en cualquier otro sitio —repuso Oz—, pero si uno lleva gafas verdes lo ve todo verde, claro. La Ciudad Esmeralda fue construida muchos años atrás. Yo era un chico joven cuando el globo me trajo, y ahora soy ya muy viejo. Pero mi pueblo lleva tantos años usando gafas verdes que la mayoría cree realmente que es una Ciudad Esmeralda, y no hay duda de que es un lugar hermoso, abundante en piedras y metales preciosos, así como en todo lo que uno necesita para ser dichoso. Yo he sido bueno con la gente y ellos me quieren, pero desde la construcción de este palacio me encerré en él y no quise ver a nadie.

»Uno de mis mayores temores eran las Brujas, porque así como yo no poseía ningún poder mágico, pronto descubrí que ellas sí que eran capaces de hacer cosas increíbles. Había cuatro en este país, y ellas gobernaban a la gente del Norte, del Sur, del Este y del Oeste. Por fortuna, las Brujas del Norte y del Sur eran buenas, y yo sabía que no me harían daño, pero las del Este y el Oeste eran verdaderos demonios, y si no hubieran creído que yo era más poderoso que ellas, me habrían destruido sin piedad. Durante muchos años les tuve un miedo terrible, así que puedes imaginarte el alivio que sentí al enterarme de que tu casa había caído sobre la Malvada Bruja del Este. Cuando viniste a verme estaba dispuesto a prometer cualquier cosa con tal de que eliminaras a la otra Bruja. Pero ahora que la has derretido me avergüenza confesar que no puedo cumplir mis promesas.

—Creo que eres un hombre muy malo —dijo Dorothy.

—Oh, no, querida. Soy un hombre bueno, pero tengo que admitir que soy un mago muy malo.

—¿De modo que no puedes darme cerebro? —inquirió el Espantapájaros.

—No lo necesitas. Cada día que pasa, aprendes algo. Un bebé tiene cerebro, pero no es mucho lo que sabe. Solo la experiencia proporciona sabiduría, y cuanto más tiempo lleves en la tierra, más experiencia tendrás.

—Puede que todo eso sea verdad —dijo el Espantapájaros— pero me sentiré muy desgraciado mientras no me des cerebro.

El falso mago le miró detenidamente.

—Está bien —contestó al fin, con un suspiro—. No tengo mucho de mago, como ya he dicho, pero si quieres venir mañana por la mañana, rellenaré tu cabeza de cerebro. Sin embargo, no puedo explicarte cómo usarlo... Eso lo tienes que descubrir por ti mismo.

—¡Oh, gracias! ¡Muchísimas gracias! —exclamó el Espantapájaros—. ¡Yo encontraré el modo de usarlo! ¡No temas!

—¿Y qué hay de mi valor? —preguntó ansioso el León.

—Estoy seguro de que tú ya eres bastante valeroso —repuso Oz—. Lo que te falta es confianza en ti mismo. No existe ser viviente que no se asuste cuando se enfrenta con el peligro. El verdadero valor consiste precisamente en enfrentarte con el peligro pese a tu miedo, y creo que esa clase de valor la posees de sobra.

—Quizá tengas razón, pero el miedo no me lo quita nadie —protestó el León—. Y yo me sentiré desgraciado hasta que tú me des esa clase de valor que me haga olvidar el miedo.

—Está bien. Mañana te proporcionaré esa clase de valor —prometió Oz.

—¿Y qué hay de mi corazón? —preguntó el Leñador de Hojalata.

—En cuanto a ti... Me parece que andas equivocado al desear un corazón. Solo sirve para hacer desgraciadas a las personas. Si comprendieras eso, te darías cuenta de la suerte que significa no tener corazón.

—Eso es cuestión de opiniones —replicó el Leñador de Hojalata—. Yo, por mi parte, soportaré todas las desgracias sin una queja si me concedes el corazón.

—Está bien —asintió Oz, resignado—. Ven a verme mañana y tendrás tu corazón. Llevo tanto tiempo haciendo el papel de mago que no veo por qué no voy a hacerlo un poco más.

—Y ahora... —comenzó Dorothy—, ¿cómo regreso a Kansas?

—Tendremos que reflexionar sobre eso —contestó el viejo—. Dame tres o cuatro días para estudiar el asunto e intentaré hallar la manera de transportarte atravesando el desierto.

Mientras tanto, seréis tratados como mis huéspedes predilectos, y durante vuestra estancia en el palacio serán perfectamente atendidos hasta vuestros más nimios deseos. Solo os pido una cosa a cambio de mi ayuda: que guardéis mi secreto y no contéis a nadie que soy un farsante.

Todos se comprometieron a no decir nada y regresaron a sus habitaciones de muy buen humor. Hasta Dorothy confiaba en que «el Grande y Terrible Farsante», como ella le llamaba ahora, encontraría un modo de devolverla a Kansas. En tal caso, estaba dispuesta a perdonarle cualquier cosa.

Capítulo Dieciséis

Las artes mágicas del Gran Farsante

A la mañana siguiente, el Espantapájaros dijo a sus compañeros:

—¡Felicitadme! Voy a ver a Oz para que me dé cerebro. Cuando vuelva, seré un hombre como todos los demás.

—A mí siempre me gustaste tal como eras —contestó Dorothy con sencillez.

—Te agradezco que te guste un Espantapájaros —replicó él—. Pero sin duda tendrás una mejor opinión de mí cuando escuches los magníficos conceptos que mi cerebro ha de producir.

A continuación, se despidió de todos con animosa voz, se dirigió al Salón del Trono y llamó con los nudillos a la puerta.

—Adelante —dijo Oz.

El Espantapájaros entró y vio al hombrecillo sentado junto a la ventana y sumido en graves pensamientos.

—Vengo a buscar mi cerebro —declaró el Espantapájaros, un poco inquieto.

—Ah, sí. Toma asiento en esa silla, por favor —dijo Oz—. Tendrás que disculparme que te desmonte la cabeza, pero es preciso que lo haga para colocarte el cerebro en su sitio.

—Me parece bien —respondió el Espantapájaros—. Estoy conforme con que me quites la cabeza, siempre y cuando me pongas una mejor.

El Mago le desató la cabeza y extrajo la paja. Luego entró en el cuartito trasero y tomó una medida de salvado, que mezcló con un montón de alfileres y agujas. Lo sacudió todo, llenó la parte superior de la cabeza del Espantapájaros con esa mezcla y rellenó el resto con paja, para que no se moviera. Cuando hubo atado de nuevo la cabeza al cuerpo del Espantapájaros, dijo el Mago:

—A partir de ahora serás un gran hombre, ya que te he puesto mucho cerebro de la mejor calidad.

El Espantapájaros quedó complacido y orgulloso al ver satisfecho su mayor deseo, y tras mostrar efusivamente a Oz su agradecimiento, regresó junto a sus amigos.

Dorothy le miró con curiosidad. Su cabeza formaba un bulto en la coronilla, a causa del nuevo cerebro.

—¿Cómo te sientes? —preguntó.

—Me siento realmente sabio —contestó el Espantapájaros con seriedad—. Cuando me haya acostumbrado a mi cerebro, lo sabré todo.

—¿Y por qué te asoman en la cabeza esas agujas y alfileres? —quiso saber el Leñador de Hojalata.

—Son la prueba de su agudeza —indicó el León.

—Bueno, ahora debo ir yo a ver a Oz, en busca de mi corazón —dijo el Leñador.

De modo que se dirigió al Salón del Trono y llamó a la puerta.

—Pasa —gritó Oz, y el Leñador entró y dijo:

—He venido a buscar mi corazón.

—Muy bien —respondió el hombrecillo—. Pero tendré que abrir un agujero en tu pecho para poder colocar el corazón en su sitio. Espero no hacerte daño.

—¡Oh, no! —contestó el Leñador—. No lo sentiré en absoluto.

Así pues, Oz trajo unas tijeras de hojalatero e hizo un pequeño agujero cuadrado en el costado izquierdo del Leñador de Hojalata. Luego, acercándose a una cómoda, sacó de ella un bonito corazón, hecho enteramente de seda y relleno de serrín.

—¿No es una preciosidad? —preguntó.

—¡Sí que lo es! —exclamó el Leñador muy satisfecho—. Pero… ¿será un corazón bondadoso?

—¡Claro que sí! —afirmó Oz, que introdujo el corazón en el pecho del Leñador y después volvió a colocar el trocito de hojalata cortado, soldándolo a la perfección.

—Ya está —dijo entonces—. Ahora tienes un corazón del que cualquier hombre estaría orgulloso. Lamento haber tenido que poner un remiendo en tu pecho, pero no había otra solución.

—El remiendo no me importa —declaró el feliz Leñador—. Te estoy muy agradecido, y nunca olvidaré tu bondad.

—No hay de qué —contestó Oz.

A continuación, el Leñador de Hojalata regresó junto a sus amigos, que le felicitaron por su buena suerte.

Ahora le tocó el turno al León, que se encaminó al Salón del Trono y llamó a la puerta.

—¡Adelante! —dijo Oz.

—Vengo en busca de mi valor —anunció el León, entrando en la sala.

—Muy bien —respondió el viejo—. Enseguida te lo traigo.

Se dirigió a un aparador y, estirando el brazo hasta alcanzar una repisa muy alta, bajó una botella verde de forma cuadrada, cuyo contenido vertió en un plato verde y dorado, maravillosamente tallado. Tras colocarlo ante el León Cobarde, que lo olisqueó como si no le gustara, el Mago dijo:

—¡Bebe!

—¿Qué es? —quiso saber el León.

—Verás —repuso Oz—, si estuviera dentro de ti, sería valor. Tú bien sabes que el valor está siempre dentro de uno, así que a esto no se le puede llamar valor hasta que no te lo hayas tragado. Por eso te recomiendo que te lo bebas lo antes posible.

El León no vaciló más y bebió hasta dejar el plato vacío.

—¿Cómo te sientes ahora? —inquirió Oz.

—¡Lleno de valor! —declaró el León, que regresó muy contento junto a sus compañeros para explicarles su buena suerte.

Una vez solo, Oz sonrió al pensar en el éxito que había tenido al dar al Espantapájaros, al Leñador de Hojalata y al León exactamente lo que ellos creían que querían. «¿Cómo puedo evitar ser un farsante —se dijo—, si toda esa gente me obliga a hacer cosas que cualquiera sabe que son imposibles? Ha sido fácil hacer felices al Espantapájaros, al León y al Leñador, porque ellos creían que yo era capaz de todo.

Pero necesitaré algo más de imaginación para devolver a Dorothy a Kansas, y la verdad es que no sé cómo lo conseguiremos.»

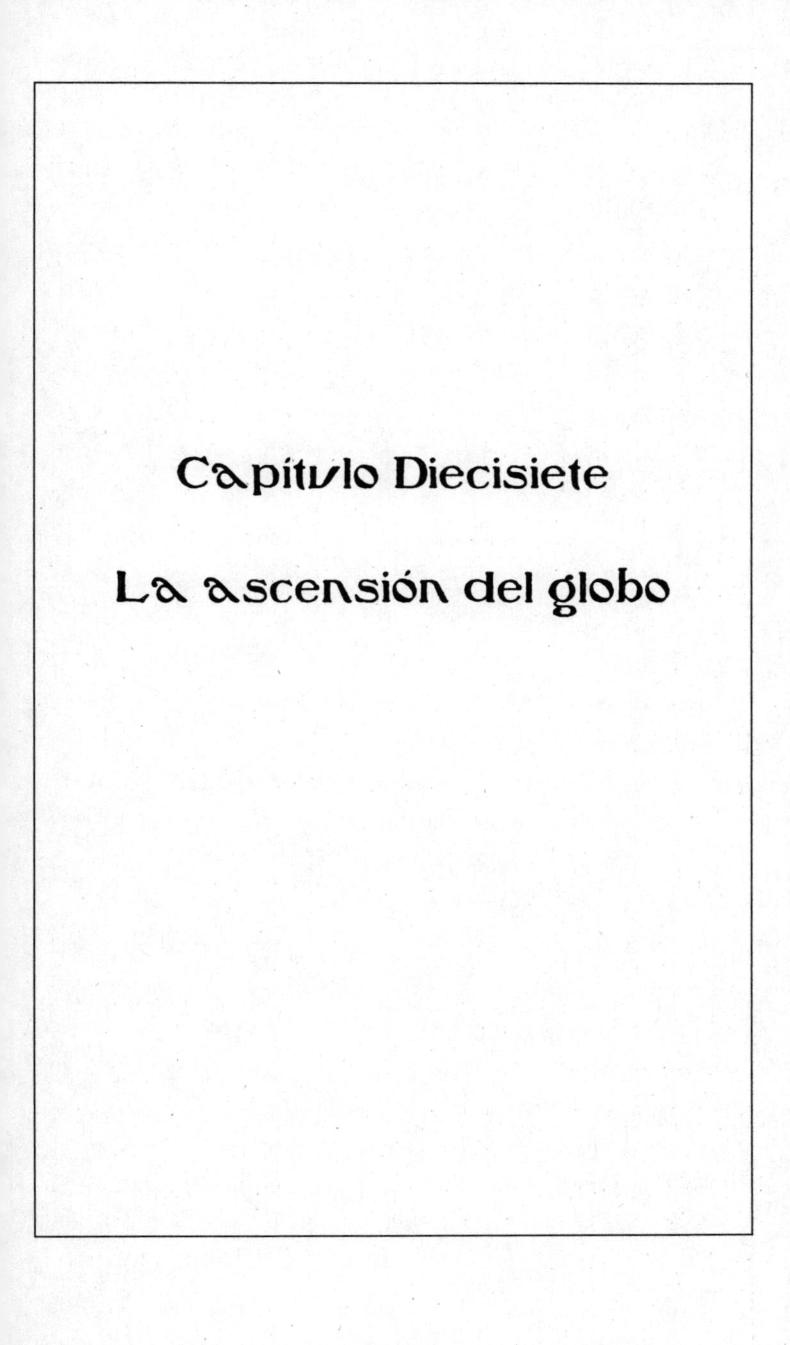

Capítulo Diecisiete

La ascensión del globo

Pasaron tres días sin que Dorothy supiese nada de Oz. Fueron unos días muy tristes para la niña, pese a que sus amigos estaban todos muy contentos y felices. El Espantapájaros dijo que había maravillosos pensamientos en su cabeza, aunque no quiso explicarlos, porque sabía que nadie los podría entender aparte de él mismo. El Leñador de Hojalata, por su parte, notaba que, al pasear, el corazón le palpitaba en el pecho, y le confió a Dorothy que había descubierto que ese corazón nuevo era más tierno y bondadoso que el que poseía cuando era de carne y hueso. Y el León declaró que ya no temía a nada en el mundo, y que con gusto se enfrentaría a todo un ejército de hombres o a una docena de fieros Kalidahs.

Así pues, todos los componentes del pequeño grupo estaban satisfechos, menos Dorothy, que ansiaba más que nunca regresar a Kansas.

Al cuarto día, por fin, y con gran alegría por su parte, Oz la mandó llamar, y cuando la vio entrar en el Salón del Trono le dijo amablemente:

—Siéntate, querida. Creo que he encontrado la manera de sacarte de este país.

—¿Para volver a Kansas? —exclamó la niña con ansiedad.

—Bueno, no estoy muy seguro de si será Kansas —confesó Oz—, porque no tengo ni la más remota idea de dónde queda eso. Lo primero que hay que hacer es cruzar el desierto, y luego ya te resultará fácil encontrar el camino de tu casa.

—¿Y cómo voy a cruzar el desierto? —inquirió.

—Verás, te voy a decir lo que se me ha ocurrido —contestó el hombrecillo—. Sabes que, cuando llegué a este país, lo hice en globo. También tú viniste por los aires, arrastrada por un huracán. Por consiguiente, creo que el mejor modo de cruzar el desierto será igualmente por el aire. Ahora bien, queda más allá de mis posibilidades producir un huracán, pero estuve reflexionando sobre el problema, y creo que podría confeccionar un globo.

—¿Cómo? —preguntó Dorothy.

—Un globo —expuso Oz— está hecho de seda a la que se le aplica una capa de cola, para que no se escape el gas. Yo tengo seda de sobra en el palacio, de modo que no sería difícil hacer el globo. Lo malo es que en todo este país no hay gas para llenar el globo y hacer que flote.

—Y si no flota —observó Dorothy—, no nos servirá de nada.

—Es cierto —asintió Oz—. Sin embargo, hay otra forma de hacer flotar el globo, y consiste en llenarlo de aire caliente. Claro que el aire caliente no es tan eficaz como el gas, porque si se enfriara, el globo caería en pleno desierto y estaríamos perdidos.

—¿Nosotros? —exclamó la niña—. ¿Vas a venir conmigo?

—Desde luego —contestó Oz—. Estoy harto de ser un farsante. Si saliera de este palacio, mi pueblo pronto descubriría que no soy un Mago, y entonces se indignaría conmigo por haberle engañado. Por eso tengo que permanecer encerrado todo el día en estas habitaciones, y resulta aburrido. Prefiero regresar a Kansas contigo y volver a trabajar en un circo.

—Me alegrará que me acompañes —dijo Dorothy.

—Gracias —contestó Oz—. Y ahora, si me ayudas a coser los trozos de seda, empezaremos a confeccionar nuestro globo.

Dorothy tomó aguja e hilo, y tan pronto como Oz se puso a cortar tiras de seda y darles la forma apropiada, la niña comenzó a unirlas con esmero. Primero pusieron una franja de seda verde claro, luego una de verde oscuro y después una de verde esmeralda, porque Oz tuvo el capricho de confeccionar el globo a base de distintos tonos de ese color. Tres días fueron necesarios para coser todas las tiras, pero cuando el trabajo estuvo terminado tuvieron una enorme bolsa de seda verde de más de seis metros de largo.

Oz la encoló entonces por dentro, para que no se escapase el aire, y por fin anunció que el globo estaba listo.

—Pero necesitamos una barquilla en la que podamos meternos —objetó, y enseguida envió al soldado de los bigotes verdes en busca de un gran cesto de ropa, que sujetó con numerosas cuerdas a la parte inferior del globo.

Cuando todo estuvo preparado, Oz hizo saber a su pueblo que iba a realizar una visita a un poderoso Mago, hermano suyo, que vivía en las nubes. La noticia se divulgó rápidamente por toda la ciudad y todos acudieron a presenciar el maravilloso espectáculo.

Oz ordenó que el globo fuera colocado delante del palacio y, como es lógico, la gente lo contemplaba llena de curiosidad. El Leñador de Hojalata había cortado un gran montón de leña y encendió un fuego mientras Oz sostenía la parte inferior del globo encima de la hoguera, para que al ascender el aire caliente quedara atrapado en la bolsa de seda. Poco a poco, el globo se fue hinchando y se elevó. La barquilla apenas tocaba ya el suelo.

Entonces, Oz se introdujo en la barquilla y habló a todo su pueblo con sonora voz:

—Voy a hacer una visita. En mi ausencia seréis gobernados por el Espantapájaros. Os ordeno que le obedezcáis como lo haríais conmigo.

El globo tiraba con fuerza de la cuerda que lo mantenía amarrado al suelo ya que el aire de su interior estaba ya caliente y hacía que su peso fuese mucho menor que el aire de fuera.

—¡Ven, Dorothy! —gritó el Mago—. ¡Si no te das prisa, el globo saldrá volando!

—No encuentro a Toto en ninguna parte —contestó la niña, que no quería dejar a su perrito.

Toto se había metido entre la multitud para ladrarle a un gatito y a Dorothy le costó encontrarlo. Lo agarró a toda prisa y corrió hacia el globo.

Ya estaba a pocos pasos del globo y Oz extendía los brazos para ayudarla a subir a la barquilla, cuando —¡crac!— se rompieron las cuerdas y el globo se elevó por los aires sin ella.

—¡Vuelve! —chilló la niña—. ¡Yo también quiero ir...!

—¡No puedo volver, querida! —gritó Oz desde su barquilla—. ¡Adiós!

—¡Adiós! —gritaron todos, con los ojos fijos en el Mago, cuya barquilla ascendía más y más en el cielo.

Y eso fue lo último que vieron de Oz, el Gran Mago, aunque es probable que llegase sano y salvo a Omaha, y que esté allí. La cosa es que el pueblo le recordaba con cariño, y se decían unos a otros:

—Oz fue siempre nuestro amigo. Cuando vino, construyó para nosotros esta preciosa Ciudad Esmeralda, y ahora que se ha ido ha dejado al Sabio Espantapájaros para que gobierne en su lugar.

Aun así, durante muchos días lamentaron la ausencia del maravilloso Mago, y no encontraban consuelo.

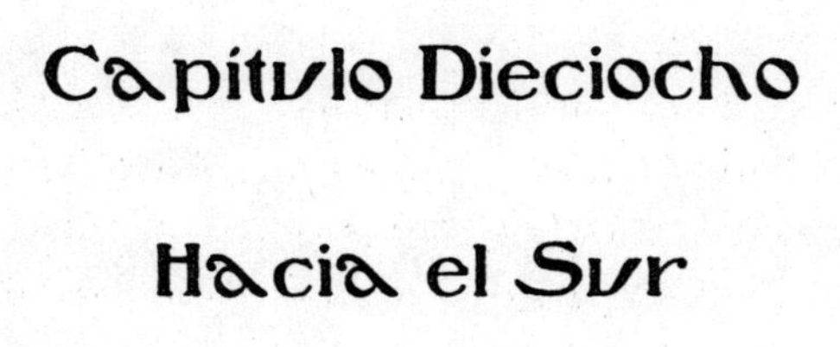

Capítulo Dieciocho

Hacia el Sur

Dorothy lloró amargamente al ver perdidas sus esperanzas de volver a Kansas, aunque —bien pensado— se alegraba de no haber tenido que subir en globo. También ella sentía la desaparición de Oz, y lo mismo les sucedía a sus compañeros.

El Leñador de Hojalata se le acercó y dijo:

—Realmente sería un ingrato si no llorara por el hombre que me dio mi precioso corazón. Quisiera verter algunas lágrimas en recuerdo de él, ahora que se ha ido, y si tú me haces el favor de enjugarlas no me oxidaré.

—Con mucho gusto —contestó la niña, y fue en busca de una toalla.

El Leñador de Hojalata lloró durante varios minutos bajo la cuidadosa atención de Dorothy, que enjugaba sus lágrimas.

En cuanto hubo terminado, dio las gracias a la niña y se engrasó a fondo con su aceitera enjoyada para evitar cualquier problema.

El Espantapájaros era ahora el gobernador de la Ciudad Esmeralda y, aunque no era un mago, la gente estaba orgullosa de él y decía:

—No hay en todo el mundo otra ciudad gobernada por un hombre relleno de paja.

Y, que ellos supieran, estaban en lo cierto.

A la mañana siguiente de la partida de Oz en globo, los cuatro viajeros se reunieron en el Salón del Trono para tratar de sus asuntos. El Espantapájaros se instaló en el gran trono y los demás permanecieron respetuosamente de pie delante de él.

—No somos tan desgraciados —dijo el nuevo gobernante—, ya que este palacio y la Ciudad Esmeralda nos pertenecen y podemos hacer lo que nos venga en gana. Cuando recuerdo que no hace mucho tiempo estaba sujeto a un palo en el maizal de un campesino y que ahora soy gobernador de esta preciosa ciudad, me siento muy satisfecho de mi suerte.

—Yo también estoy muy contento con mi nuevo corazón —declaró el Leñador de Hojalata—. Realmente, era lo único que deseaba en el mundo.

—Yo, por mi parte, me siento muy ufano de saber que soy tan valeroso como cualquier otra fiera que haya existido, si no más —añadió el León modestamente.

—¡Lástima que Dorothy no se contente con vivir en la

Ciudad Esmeralda! —continuó el Espantapájaros—. Podríamos ser muy felices, todos juntos.

—Pero ¡yo no quiero quedarme aquí! —protestó Dorothy—. Deseo volver a Kansas y vivir con tía Em y tío Henry.

—Bien, ¿y qué podemos hacer, pues? —intervino el Leñador.

El Espantapájaros decidió reflexionar, y se esforzó tanto que las agujas y los alfileres empezaron a asomar fuera de su cerebro. Por último dijo:

—¿Por qué no llamamos a los Monos Alados y les pedimos que te trasladen al otro lado del desierto?

—¡No se me había ocurrido! —exclamó Dorothy, entusiasmada—. ¡Eso es lo que tenemos que hacer! Ahora mismo voy a buscar el gorro de oro.

En cuanto lo hubo llevado al Salón del Trono, pronunció las palabras mágicas y, a los pocos momentos, la bandada de Monos Alados penetró por una ventana abierta y se situó ante ella.

—Esta es la segunda vez que nos llamas —dijo el Rey Mono, inclinándose ante la pequeña—. ¿Cuál es tu deseo?

—Que me transportéis a Kansas —dijo Dorothy.

Pero el Rey Mono meneó la cabeza.

—Eso no es posible —se excusó—. Nosotros pertenecemos únicamente a este país, y no nos está permitido alejarnos de él. Nunca ha habido en Kansas un Mono Alado, y supongo que nunca lo habrá, ya que no es su país. Con agrado te serviremos en todo aquello que esté a nuestro alcance, pero no podemos cruzar el desierto. ¡Adiós!

Con otra reverencia, el Rey Mono extendió sus alas y salió volando por la misma ventana, seguido de toda su banda.

Era tal el disgusto de Dorothy que se hubiese echado a llorar.

—He desperdiciado inútilmente la magia del gorro de oro —sollozó—, porque los Monos Alados no pueden ayudarme.

—¡Ciertamente es una pena! —dijo el Leñador con el corazón enternecido.

El Espantapájaros volvía a cavilar, y su cabeza se abultó de tal manera que Dorothy temió que le estallara.

—Llamemos al soldado de los bigotes verdes —propuso— y pidámosle consejo.

Así que llamaron al soldado y este entró en el Salón del Trono con gran timidez, porque en tiempos de Oz jamás se le había permitido pasar de la puerta.

—Esta niña desea cruzar el desierto —le dijo el Espantapájaros—. ¿Cómo puede conseguirlo?

—No lo sé —respondió el soldado—, porque nadie lo ha cruzado nunca, como no fuera el propio Oz.

—¿No hay nadie que pueda ayudarme? —preguntó Dorothy, muy seria.

—Glinda, quizá —sugirió el soldado.

—¿Quién es Glinda? —inquirió el Espantapájaros.

—La Bruja del Sur. Es la más poderosa de todas las brujas y reina sobre los Quadlings. Además, su castillo se halla al borde del desierto, de manera que tal vez conozca un modo de cruzarlo.

—Glinda es una Buena Bruja, ¿verdad? —preguntó la niña.

—Eso opinan los Quadlings —informó el soldado—, y desde luego es amable con todo el mundo. He oído decir que Glinda es una mujer hermosa, que sabe mantenerse joven pese a los muchos años que tiene.

—¿Cómo puedo llegar a su castillo? —quiso saber Dorothy.

—El camino avanza directo hacia el Sur, pero dicen que

está erizado de peligros para los viajeros. En los bosques hay animales salvajes y, por si fuera poco, vive allí una raza de extraños hombres a quienes no les gusta nada que los forasteros atraviesen su país. Por esta razón, ninguno de los Quadlings ha venido jamás a la Ciudad Esmeralda.

Cuando el soldado les hubo dejado, dijo el Espantapájaros:

—A pesar de todos los peligros, creo que lo mejor que Dorothy puede hacer es dirigirse a la tierra del Sur y pedir ayuda a Glinda. Porque es evidente que, de seguir aquí, nunca regresará a Kansas.

—Has debido de estar pensando de nuevo —observó el Leñador de Hojalata.

—En efecto lo he hecho —contestó el Espantapájaros.

—Yo acompañaré a Dorothy —decidió el León—, porque estoy cansado de vuestra ciudad y añoro los bosques y el campo abierto. Bien sabéis que, al fin y al cabo, soy una fiera salvaje. Además, Dorothy necesitará que alguien la proteja.

—¡Eso es cierto! —asintió el Leñador—. Mi hacha puede prestarle buenos servicios, de modo que yo también iré con ella a la tierra del Sur.

—¿Cuándo partimos, pues? —preguntó el Espantapájaros.

—¿Tú también vienes? —exclamaron todos, llenos de sorpresa.

—¡Desde luego! De no ser por Dorothy, nunca habría conseguido mi cerebro. Fue ella la que me arrancó del palo, en aquel maizal, y me trajo a la Ciudad Esmeralda. Así que le debo a ella toda mi suerte, y nunca la abandonaré hasta que regrese definitivamente a Kansas.

—¡Gracias! —dijo la niña, enternecida—. Todos sois muy buenos conmigo. Pero quisiera partir lo antes posible.

—Nos iremos mañana por la mañana —decidió el Espantapájaros—. Y ahora preparémoslo todo, porque será un largo viaje.

Capítulo Diecinueve

Atacados por los árboles luchadores

Temprano por la mañana, Dorothy dio un beso de despedida a la lincha muchachita verde y todos estrecharon la mano al soldado de los bigotes verdes, que les había acompañado hasta la puerta. Cuando el Guardián de las Puertas volvió a verles, se extrañó mucho de que abandonasen la hermosa ciudad para exponerse a nuevos problemas. Pero les quitó las gafas, que guardó otra vez en la gran caja verde, y les deseó lo mejor para el viaje.

—Tú eres ahora nuestro gobernador —le dijo al Espantapájaros—, de modo que tienes que volver lo antes posible.

—Ya lo haré, si puedo —contestó el Espantapájaros—, pero antes debo ayudar a Dorothy a llegar a su casa.

Cuando la niña se despidió definitivamente del bondadoso Guardián de las Puertas, le dijo:

—He sido muy bien tratada en vuestra encantadora ciudad, y todo el mundo se ha mostrado bueno conmigo. No tengo palabras para expresarte mi agradecimiento.

—Ni lo intentes, pequeña —contestó él—. A nosotros nos gustaría que te quedaras aquí, pero ya que es tu deseo regresar a Kansas, confío en que lo logres.

Dicho esto, abrió la puerta de la muralla exterior, y los amigos echaron a andar y comenzaron su viaje.

El sol resplandecía cuando nuestros amigos se encaminaron hacia la tierra del Sur. Todos iban muy animados, riendo y charlando entre sí. Dorothy volvía a tener esperanzas de regresar al hogar, y el Espantapájaros y el Leñador de Hojalata se alegraban de poder serle útiles. En cuanto al León, husmeaba con fruición el aire fresco y agitaba la cola de un lado a otro, contento de verse otra vez en el campo, mientras que Toto correteaba a su alrededor y perseguía polillas y mariposas, ladrando de alegría sin cesar.

—A mí no me sienta bien la vida en la ciudad —comentó el León, mientras avanzaban todos a buen paso—. He perdido mucho peso durante mi estancia allí, y ahora estoy ansioso de poder demostrar a los demás animales lo valiente que me he vuelto.

En aquel momento se volvieron y contemplaron por última vez la Ciudad Esmeralda, aunque solo distinguían ya una masa de torres y campanarios detrás de las verdes murallas y, más arriba, sobresaliendo por encima de todo, los capiteles y la cúpula del palacio de Oz.

—Después de todo, Oz no era un Mago tan malo —dijo el Leñador de Hojalata, que sentía palpitar el corazón dentro de su pecho.

—A mí supo darme un cerebro muy bueno —añadió el Espantapájaros.

—Y de haber tomado él una dosis del mismo brebaje que me dio a mí, habría sido un hombre valiente —señaló el León.

Dorothy no dijo nada. Oz no había cumplido la promesa que le había hecho, pero había demostrado su buena intención, y ella le perdonaba. Como él mismo decía, era un buen hombre, aunque como Mago fuera malo.

El primer día de camino les condujo a través de los verdes campos de alegres flores que se extendían alrededor de la Ciudad Esmeralda en todas direcciones. Aquella noche durmieron sobre la hierba, sin otro techo encima que las estrellas, y lo cierto es que descansaron muy a gusto.

Por la mañana anduvieron hasta llegar a un espeso bosque. No había manera de bordearlo, ya que a derecha e izquierda parecía alargarse hasta el infinito y, además, ellos no se atrevían a cambiar de dirección por temor a extraviarse. Así que buscaron el punto donde la entrada en el bosque fuera más fácil.

El Espantapájaros, que iba delante, descubrió por fin un gran árbol de ramas tan extendidas que les permitirían pasar a todos por debajo. Avanzó hacia él, pero cuando estuvo junto a las primeras ramas estas se inclinaron y se enroscaron a su alrededor, y al momento siguiente se vio levantado del suelo y arrojado de cabeza en medio de sus compañeros.

No es que el Espantapájaros se hiciera daño, pero quedó tan sorprendido que, cuando Dorothy lo enderezó, estaba todavía aturdido.

—Aquí hay otro espacio entre los árboles —señaló el León.

—Deja que lo intente yo primero —dijo el Espantapájaros—, porque a mí al menos no me duele aunque me tiren de un lado a otro.

Avanzó hacia otro árbol mientras hablaba, pero sus ramas le agarraron de inmediato y volvieron a echarle hacia atrás.

—¡Qué cosa tan extraña! —exclamó Dorothy—. ¿Qué podemos hacer?

—Los árboles parecen dispuestos a luchar con nosotros e impedir que continuemos —observó el León.

—Creo que yo voy a intentar vencerles —dijo entonces el Leñador, y empuñando el hacha se dirigió hasta el primer árbol que había tratado con tanta brusquedad al Espantapájaros.

Cuando una gran rama ya se inclinaba para apoderarse de él, el Leñador de Hojalata la golpeó con tal fuerza que la partió en dos. En el acto, el árbol empezó a sacudir todas sus demás ramas, como si sintiera dolor, y el Leñador pudo pasar indemne por debajo de él.

—¡Vamos! —les gritó a sus compañeros—. ¡Aprisa!

Todos se echaron a correr y pasaron por debajo del árbol sin sufrir daño, con excepción de Toto, que fue atrapado por una rama pequeña y sacudido hasta que soltó un aullido. Pero el Leñador cortó también esa ramita de un hachazo y liberó así al pobre perro.

Los restantes árboles del bosque no hicieron nada por detener a los viajeros, de modo que supusieron que solo la primera hilera de árboles podía torcer sus ramas hacia abajo, y que estos debían de ser los policías del bosque, disponiendo de tan maravilloso poder para impedir que los extranjeros penetrasen en él.

Los cuatro amigos caminaron con tranquilidad por entre los árboles hasta llegar al otro extremo del bosque. Pero allí, para gran sorpresa suya, se vieron ante una alta pared que parecía hecha de porcelana blanca. Era tan lisa como la superficie de un plato, y sobrepasaba sus cabezas.

—¿Y qué haremos ahora? —preguntó Dorothy.

—Yo construiré una escalera —dijo el Leñador de Hojalata—, porque desde luego tenemos que pasar por encima de este muro.

Capítulo Veinte

El delicado país de porcelana

Mientras el Leñador construía una escalera con las maderas que encontró en el bosque, Dorothy se quedó dormida en el suelo, pues estaba fatigada del largo camino. El León también se acurrucó para dormir y Toto se tumbó junto a él.

El Espantapájaros, que observaba el trabajo del Leñador, le dijo:

—No acierto a comprender por qué está aquí este muro, ni de qué material está hecho.

—Deja que tu cerebro descanse y no te preocupes por el muro —replicó el Leñador de Hojalata—. Cuando lo hayamos escalado sabremos qué nos aguarda al otro lado.

Al cabo de un rato, la escalera estuvo terminada. Era algo tosca, pero el Leñador tenía la certeza de que sería resistente y adecuada a sus propósitos. El Espantapájaros despertó a Dorothy, al León y a Toto para decirles que la escalera ya estaba a punto. El Espantapájaros fue el primero en subir, pero se mostraba tan torpe que Dorothy tuvo que ir detrás de él para evitar que se cayera. Cuando por fin asomó la cabeza por encima del muro, el Espantapájaros exclamó:

—¡Cielos!

—Continúa —le dijo la niña.

Así pues, el Espantapájaros siguió subiendo y se sentó encima del muro. Entonces fue Dorothy quien asomó la cabeza y exclamó, igual que el Espantapájaros:

—¡Cielos!

El siguiente en subir fue Toto, que de inmediato se puso a ladrar, pero Dorothy le ordenó que se callara.

Ahora le tocaba el turno al León, y el Leñador fue el último, pero ambos lanzaron idéntico grito al mirar por encima del muro. Cuando por fin estuvieron todos sentados en fila en lo alto del muro, vieron algo muy extraordinario.

Ante ellos se extendía una gran franja de terreno de suelo tan liso, reluciente y blanco como el fondo de una gran fuente. Diseminadas por allí había muchas casas hechas enteramente de porcelana y pintadas de los más alegres colores. Las casas eran muy pequeñas; la mayor de ellas llegaría quizá a la cintura de Dorothy. También había hermosos graneros chiquitines, con vallas de porcelana alrededor, y grupos de vacas, ovejas, caballos, cerdos y gallinas, igualmente de porcelana.

Pero lo más sorprendente de todo era la gente que vivía

en tan curioso país. Había lecheras y pastoras de corpiño multicolor y vestidos salpicados de lunares dorados. Las princesas lucían las más suntuosas ropas de plata, oro y púrpura, y los pastores llevaban calzones cortos a rayas verticales amarillas, rosas y azules, así como hebillas doradas en sus zapatos. Los príncipes se paseaban con enjoyadas coronas en sus cabezas, mantos de armiño y jubones de raso; y corrían por allí divertidos payasos de trajes con volantes fruncidos, redondas manchas rojas en las mejillas y altos y puntiagudos gorros. Pero lo más asombroso era que todas aquellas figuras eran de porcelana, incluso su ropa, y que la más alta de ellas no llegaba ni a la rodilla de Dorothy.

Al principio nadie se molestó en mirar a los viajeros, excepto un perrito de porcelana lila con una cabeza enorme que se acercó al muro y se puso a ladrarles con su voz diminuta, para luego salir corriendo.

—¿Cómo bajaremos? —preguntó Dorothy.

La escalera era tan pesada que no podían subirla, de manera que el Espantapájaros se dejó caer de la pared y los demás saltaron encima de él, para no hacerse daño en los pies con el duro suelo. Claro que se cuidaron mucho de no aterrizar sobre su cabeza, porque se habrían clavado los alfileres en los pies. Cuando todos estuvieron abajo, ayudaron a levantarse al Espantapájaros, que había quedado bastante aplastado, y volvieron a darle forma.

—Tenemos que atravesar este extraño lugar para llegar al otro lado —dijo Dorothy—, porque sería imprudente apartarnos del camino que conduce al Sur.

Se pusieron a andar por el país de la gente de porcelana, y lo primero que encontraron fue una lecherita de porcelana ordeñando una vaca también de porcelana. Al acercarse ellos, la vaca soltó una súbita coz y derribó el taburete, el cubo y

«Todas aquellas figuras eran de porcelana.»

hasta a la misma lechera, cayendo todo ello con gran estrépito sobre el suelo de porcelana.

Dorothy se alarmó al ver que la vaca se había roto la pata y que el cubo estaba hecho añicos, mientras que la pobre lechera tenía una desconchadura en el codo izquierdo.

—¡Mirad lo que habéis hecho! —protestó indignada la lechera—. ¡Mi vaca se ha roto una pata y tendré que llevarla al taller para que se la peguen de nuevo! ¿Qué pretendéis viniendo aquí y asustando a mi vaca?

—Lo siento de veras —dijo Dorothy—. Discúlpanos, por favor.

Pero la bonita lechera estaba demasiado ofendida para responder. Recogió la pata con gesto malhumorado y se llevó la vaca, que la siguió cojeando sobre las otras tres. Mientras se alejaba, echó por encima del hombro varias miradas de reproche a los torpes forasteros al tiempo que apretaba contra su costado el codo desconchado.

Dorothy lamentó mucho lo sucedido.

—Tenemos que andar con mucho cuidado por aquí —dijo el Leñador de buen corazón—. De lo contrario, podríamos causar a esta bonita gentecilla un daño irreparable.

Un poco más adelante, Dorothy se encontró con una joven princesa preciosamente vestida, que se detuvo en seco al ver a los desconocidos y emprendió la fuga.

Dorothy deseaba ver más de cerca a la princesa, por lo que echó a correr tras ella, pero la figurita de porcelana chilló:

—¡No me persigas! ¡No me persigas!

Había tal espanto en su vocecilla que Dorothy se paró y dijo:

—¿Por qué no?

—Porque —jadeó la princesa, deteniéndose a una distancia segura— si corro, puedo caerme y sufrir alguna rotura.

—¿Y no podrían arreglarte? —preguntó la niña.

—Sí, desde luego, pero una nunca vuelve a quedar tan bonita después de una reparación, ¿sabes? —contestó la princesa.

—No, claro, ya lo supongo —admitió Dorothy.

—Allí tienes a don Guasón, uno de nuestros payasos —prosiguió la damita de porcelana—. Siempre intenta ponerse cabeza abajo, y se ha roto ya tantas veces que está restaurado por todas partes y no resulta nada bonito. Precisamente viene hacia aquí.

En efecto, un alegre y pequeño payaso se les acercó, y Dorothy pudo comprobar que, pese a sus bonitas ropas rojas, amarillas y verdes, estaba totalmente cubierto de grietas, lo que demostraba que había sido pegado en muchas partes.

El payaso se metió las manos en los bolsillos y, después de inflar las mejillas y menear la cabeza con descaro, dijo:

Mi damita bella,
¿por qué razón mira
a este pobre Guasón?
Es usted tan estirada
tan tiesa y tan remilgada
que cualquiera diría
que se ha tragado un bastón.

—¡Silencio, caballero! —protestó la princesa—. ¿Acaso no veis que estos señores son forasteros y deben ser tratados con respeto?

—Bien, supongo que esto es señal de respeto —repuso el payaso, y en el acto se puso cabeza abajo.

—No le hagas caso—dijo la princesa a Dorothy—.Tiene la cabeza bastante cascada, y eso le ha vuelto tonto.

—Oh, no le hago ningún caso —contestó Dorothy—. Tú, en cambio, eres tan hermosa —continuó— que estoy segura de que podría quererte muchísimo. ¿No me dejarías llevarte conmigo a Kansas y colocarte en la repisa de la chimenea de mi tía Em? Podría transportarte en mi cesta.

—Eso me haría muy desdichada —declaró la princesita de porcelana—. En nuestro país vivimos contentos, y podemos hablar y movernos a placer. Pero si a alguno de nosotros se lo llevan, las articulaciones se le ponen rígidas enseguida, y entonces solo servimos para estar inmóviles y como adorno. Desde luego, eso es lo único que se espera de nosotros cuando estamos en repisas, vitrinas y mesas de salón, pero nuestras vidas son mucho más agradables en nuestro propio país.

—¡Yo no quisiera hacerte desgraciada por nada del mundo! —exclamó Dorothy—. Así que te diré adiós.

—¡Adiós! —contestó la princesa.

Los amigos caminaron con gran cuidado a través de aquel mundo de porcelana. Los pequeños animales y toda la gente huían precipitadamente al verles pasar, temerosos de que aquellos extranjeros les quebraran, y al cabo de una hora más o menos los viajeros llegaron al otro extremo del país y se encontraron con otro muro de porcelana.

Sin embargo, este muro no era tan alto como el primero y todos pudieron llegar hasta arriba subidos al lomo del León. Por último, el León encogió sus patas y saltó sobre el muro, pero al hacerlo volcó una iglesia de porcelana con el rabo y la hizo añicos.

—¡Qué lástima! —exclamó Dorothy—. Sin embargo, creo que ha sido una suerte no hacer más daño a esta gente que romper la pata de una vaca, y ahora la iglesia. ¡Son tan frágiles todos!

—Sí que lo son —asintió el Espantapájaros—, y yo me alegro de estar hecho de paja y no romperme con tanta facilidad. ¡Hay cosas peores en el mundo que ser un Espantapájaros!

El León se convierte en Rey de los Animales

Tras bajar la muralla de porcelana, los viajeros se hallaron en una región muy desagradable, llena de lodazales y marismas, y cubierta de alta y espesa hierba. Resultaba difícil avanzar sin caer en hoyos cenagosos, porque la hierba crecía tan tupida que no permitía verlos. No obstante, y gracias a que miraban cuidadosamente dónde ponían el pie, lograron llegar sin novedad a tierra firme. Pero ahora aquel lugar parecía más agreste que nunca, y tras una larga y fatigosa caminata a través de la maleza penetraron en otro bosque cuyos árboles eran los más robustos y viejos que habían visto jamás.

—Este bosque es una verdadera maravilla —declaró el León, mirando satisfecho a su alrededor—. Nunca había visto nada más hermoso.

—Parece muy tenebroso —comentó el Espantapájaros.

—¡En absoluto! —contestó el León—. Me gustaría pasar aquí toda mi vida. ¡Fijaos en lo suaves que son las hojas secas que pisáis, y en lo rico y verde que se ve el musgo que trepa en estos viejos árboles! No puede haber hogar más acogedor para una fiera.

—Quizá haya animales salvajes en este bosque —indicó Dorothy.

—Supongo que sí —contestó el León—, pero ahora no veo ninguno por aquí.

Avanzaron por el bosque hasta que se hizo demasiado oscuro para seguir adelante. Dorothy, el León y Toto se echaron a dormir, mientras el Leñador y el Espantapájaros montaban la guardia como de costumbre.

En cuanto amaneció, prosiguieron su camino. No habían llegado muy lejos cuando percibieron un rumor sordo, como el gruñido de muchos animales salvajes. Toto gimoteó un poco, pero ninguno de los demás se asustó, por lo que continuaron por aquella trillada senda hasta desembocar en un claro donde se hallaban reunidos cientos de animales de todas las especies. Había tigres, elefantes, osos, lobos y zorros, y todos los ejemplares de la historia natural. Al principio Dorothy tuvo miedo, pero el León le explicó que los animales celebraban una asamblea, y por sus gruñidos y murmullos juzgó que tenían serios problemas.

Cuando habló, algunas de las fieras se fijaron en él. De

inmediato, la gran asamblea calló como por arte de magia. El más grande de los tigres se dirigió al León e hizo una reverencia, al tiempo que decía:

—¡Bienvenido, oh, Rey de los Animales! Llegas a tiempo para luchar contra nuestro enemigo y devolver la paz a todos los habitantes del bosque.

—¿Cuál es vuestro problema? —inquirió el León, sin inmutarse.

—Vivimos todos amenazados por un feroz enemigo que acaba de llegar a este bosque —explicó el tigre—. Se trata de un monstruo terrible, de una especie de araña que tiene el cuerpo como un elefante y ocho patas como troncos de árbol. Cuando se arrastra por el bosque, agarra a un animal con una de sus patas y se lo lleva a la boca, devorándolo como una araña hace con una mosca. Ninguno de nosotros está a salvo mientras esa espantosa criatura viva, y precisamente habíamos convocado una reunión para estudiar el problema cuando tú has llegado.

El León reflexionó durante unos momentos.

—¿Hay más leones en esta selva? —preguntó.

—No. Había algunos, pero el monstruo se los comió a todos. Además, ninguno era tan grande y valiente como tú.

—Si yo acabo con vuestro enemigo, ¿os inclinaréis ante mí y me obedeceréis como Rey de la Selva? —inquirió el León.

—¡Lo haremos con mucho gusto! —declaró el tigre, y todos los demás animales rugieron a un tiempo—. ¡Sí, lo haremos!

—¿Dónde está ahora esa enorme araña? —quiso saber el León.

—Por allí, entre los robles —indicó el tigre, señalando el lugar con una de sus patas delanteras.

—Cuidad bien de mis amigos —dijo el León—, y yo iré entretanto a combatir al monstruo.

Se despidió de sus compañeros y se encaminó con paso orgulloso a luchar contra el enemigo.

La enorme araña estaba dormida cuando el León la encontró, y parecía tan fea que su atacante torció el hocico con gesto de repugnancia. Tenía las patas tan largas como el tigre había dicho, y su cuerpo estaba cubierto de ásperos pelos negros. La boca era descomunal, con una hilera de afilados dientes de palmo y medio de largo, pero la cabeza estaba unida al voluminoso cuerpo por un cuello tan delgado como el talle de una avispa. Esto dio al León una buena idea para atacar mejor al monstruo y, consciente de que sería más fácil combatirle dormido que despierto, dio un gran salto y aterrizó justamente encima de su espalda. Entonces, de un furioso zarpazo, separó la cabeza del tronco. Saltó al suelo y contempló al espantoso ser hasta que sus patas dejaron de agitarse y estuvo seguro de que estaba muerto.

El León regresó al claro del bosque donde le aguardaban los demás animales y dijo con orgullo:

—Ya no tenéis nada que temer de vuestro enemigo.

Al instante, los animales se postraron ante el León, proclamándole su Rey, y él prometió volver y gobernarles tan pronto como Dorothy estuviese sana y salva camino de Kansas.

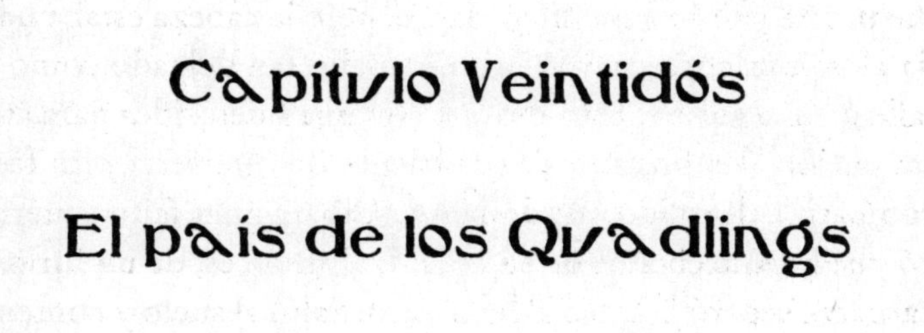
Capítulo Veintidós
El país de los Quadlings

Los cuatro viajeros terminaron de atravesar el bosque sin problemas, y cuando salieron de su penumbra se hallaron ante una empinada colina, cubierta de arriba abajo de grandes rocas.

—Va a ser difícil la subida —dijo el Espantapájaros—, pero tenemos que cruzar esa colina como sea.

Así que se puso a la cabeza del grupo y los demás le siguieron. Estaban ya cerca de la primera roca cuando oyeron una áspera voz que les gritaba:

—¡Retroceded!

—¿Quién eres? —preguntó el Espantapájaros.

Una cabeza asomó entonces por encima de la roca, y la misma voz de antes contestó:

—Esta colina nos pertenece, y no permitiremos que nadie pase por ella.

—Pues nosotros necesitamos atravesarla —replicó el Espantapájaros—. Vamos al país de los Quadlings.

—¡Pues no iréis! —insistió la voz, a la par que de detrás de la piedra salía el hombre más extraño que los amigos hubiesen podido ver.

Era bajo y ancho, con una gran cabeza, plana en su parte superior, sostenida por un grueso cuello lleno de arrugas. Sin embargo, carecía de brazos, y el Espantapájaros, al fijarse en eso, se dijo que una criatura tan indefensa no sería capaz de impedirles escalar la colina. Por lo tanto, dijo:

—Siento no poder acceder a tus deseos, pero hemos de pasar por vuestra colina, tanto si queréis como si no.

Y avanzó con decisión.

Con la velocidad del rayo, la cabeza del hombre salió disparada hacia delante y su cuello se estiró hasta que golpeó de lleno al Espantapájaros y lo envió rodando colina abajo. Casi con la misma rapidez, la cabeza regresó al cuerpo y el hombre soltó una gran carcajada, mientras decía:

—¡No es tan fácil como creías!

Un coro de risotadas salió entonces de las demás rocas, y Dorothy vio en la ladera de la colina a centenares de Cabezas de Martillo sin brazos, uno detrás de cada roca.

El León se indignó ante las risas que producía el contratiempo sufrido por el Espantapájaros y, con un rugido como un trueno, se lanzó colina arriba.

Pero una nueva cabeza salió disparada, y el gran León

cayó rodando colina abajo como si le hubiera golpeado una bala de cañón.

Dorothy corrió a ayudar al Espantapájaros a levantarse y también el León se unió a ellos, dolorido y lleno de magulladuras, diciendo:

—Es inútil combatir a esta gente que dispara contra uno su cabeza. No hay quien pueda con ella.

—¿Qué haremos, pues? —preguntó la niña.

—Llamar a los Monos Alados —sugirió el Leñador de Hojalata—. Todavía tienes derecho a llamarles una vez más.

—Está bien —asintió Dorothy y, poniéndose el gorro de oro pronunció las palabras mágicas.

Los Monos Alados se presentaron tan rápido como de costumbre, y a los pocos momentos tenía ante ella a toda la bandada.

—¿Qué ordenas? —inquirió el Rey Mono, con una reverencia.

—Llevadnos por encima de la colina hasta el país de los Quadlings —contestó Dorothy.

—Así se hará —dijo el Rey, e inmediatamente los Monos Alados alzaron en brazos a los cuatro viajeros y a Toto, y emprendieron el vuelo. Cuando pasaban por encima de la colina, los Cabezas de Martillo se pusieron a gritar furiosos y dispararon sus cabezas al aire, pero no consiguieron alcanzar a los Monos Alados, que trasladaron a Dorothy y sus compañeros hacia el otro lado de la colina y los depositaron en el hermoso país de los Quadlings.

—Esta ha sido la última vez que podías llamarnos —le dijo el Rey Mono a Dorothy—, de modo que... ¡adiós y buena suerte!

—¡Adiós, y muchas gracias! —respondió la niña.

Y los Monos Alados levantaron el vuelo y desaparecieron de su vista en un abrir y cerrar de ojos.

El país de los Quadlings parecía rico y feliz. Había allí campos de grano maduro, atravesados por bien pavimentados senderos y alegres arroyos cantarines cruzados por sólidos puentes. Tanto las vallas como las casas y los puentes estaban pintados de rojo brillante, así como eran amarillos en el país de los Winkies y azules en el país de los Munchkins. Los mismos Quadlings, que eran bajitos y regordetes, y de buen carácter, iban todos vestidos de rojo, de modo que destacaban mucho sobre el verde césped y las doradas espigas.

Los Monos Alados habían dejado a los amigos cerca de una granja, y los cuatro viajeros se encaminaron hacia ella y llamaron a la puerta. Abrió la mujer del granjero, y cuando Dorothy pidió algo que comer, la campesina les sirvió a todos un buen almuerzo, con tres clases de pastel y cuatro clases de galletas, y un cuenco de leche para Toto.

—¿Queda muy lejos el castillo de Glinda? —preguntó la niña.

—No mucho —contestó la mujer del granjero—. Tomad el camino del Sur y pronto llegaréis.

Después de dar las gracias a la buena mujer, reanudaron la marcha y pasaron junto a los verdes campos y por los encantadores puentes, hasta que al fin vieron un hermoso castillo. Delante de las puertas había tres muchachas vestidas con airosos uniformes rojos adornados con trencilla de oro. Cuando Dorothy se aproximó a ellas, una le dijo:

—¿Para qué habéis venido a la tierra del Sur?

—Para ver a la Buena Bruja que reina aquí —contestó la niña—. ¿Queréis llevarme ante ella?

—Dime tu nombre y preguntaré a Glinda si os quiere recibir a ti y a tus compañeros.

Estos también se presentaron, y la muchachita soldado entró en el castillo. A los pocos instantes volvió a salir para anunciar a Dorothy y a los demás que podían pasar inmediatamente.

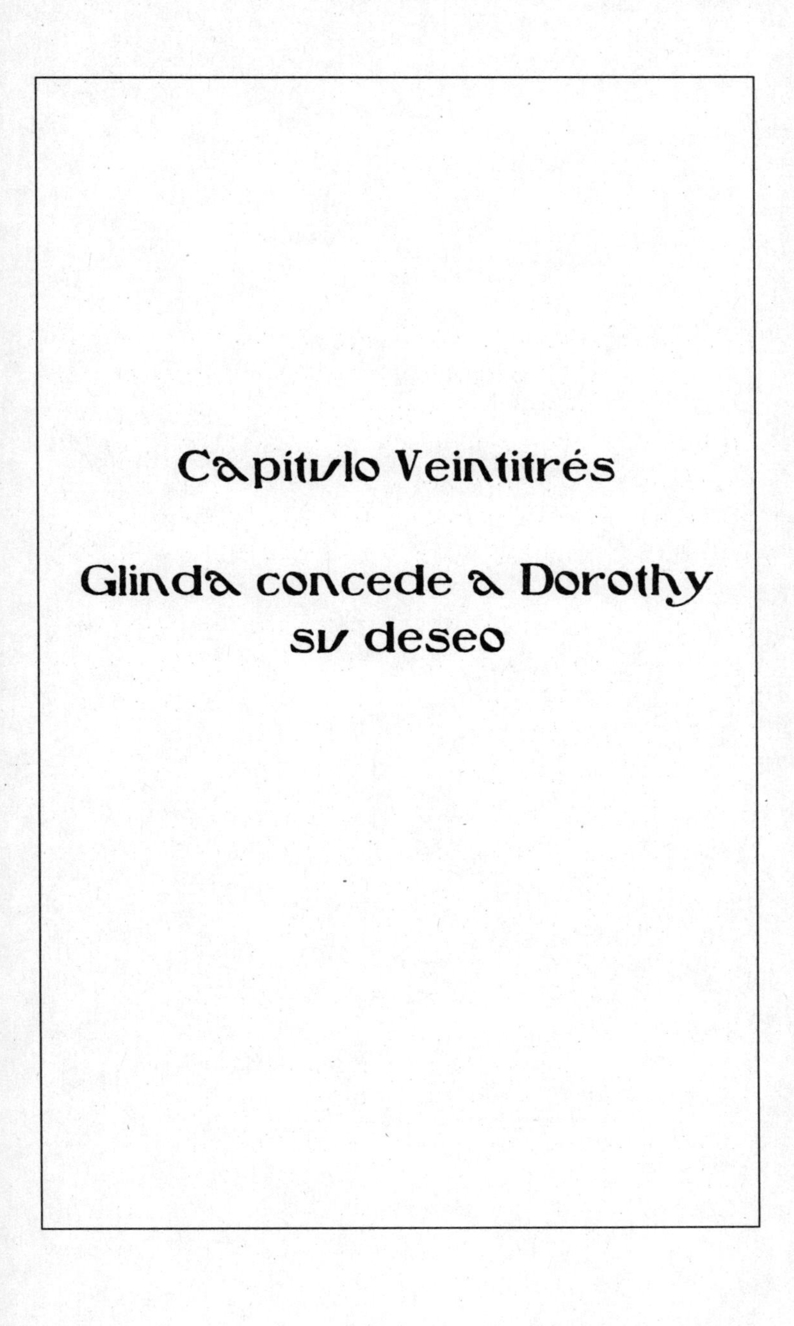

Capítulo Veintitrés

Glinda concede a Dorothy su deseo

Antes de ser conducidos ante Glinda, los viajeros fueron llevados a una habitación del castillo donde Dorothy se lavó la cara y peinó sus cabellos, el León se sacudió el polvo de las melenas, el Espantapájaros se dio unas palmaditas para adquirir su mejor forma, y el Leñador lustró su cuerpo de hojalata y engrasó todas sus articulaciones.

Cuando estuvieron presentables, siguieron a la muchacha soldado hasta un gran salón donde la Bruja Glinda se hallaba sentada en un trono de rubíes.

Les pareció muy joven y hermosa. Tenía el cabello de un intenso y bello color rojo, y le caía en dos cascadas de bucles sobre los hombros. Lucía un vestido blanco como la nieve, pero sus ojos eran azules y miraron con cariño a la niña.

—¿Qué puedo hacer por ti, mi pequeña? —preguntó.

Dorothy contó a la Bruja toda su historia: cómo el huracán la había trasladado a la tierra de Oz, cómo había encontrado a sus compañeros, y las maravillosas aventuras que habían vivido juntos.

—Ahora, mi mayor deseo es volver a Kansas —añadió—, ya que tía Em creerá que algo terrible me ha sucedido, y eso la hará vestirse de luto, y mi tío Henry no puede permitirse ese gasto, salvo que las cosechas sean mejores este año de lo que fueron en el pasado...

Glinda se inclinó hacia delante y besó la dulce carita que la niña levantaba hacia ella.

—Bendito sea tu tierno corazón —dijo—. Estoy segura de que podré decirte cómo regresar a Kansas. —Y agregó—: Pero, si lo hago, tendrás que darme el gorro de oro.

—¡Con mucho gusto! —exclamó Dorothy—. De hecho ya no me sirve, y cuando tú lo tengas podrás mandar tres veces a los Monos Alados.

—Y yo creo que, precisamente, necesitaré sus servicios esas tres veces —respondió Glinda, muy sonriente.

Dorothy le entregó entonces el gorro de oro y la Bruja le dijo al Espantapájaros:

—¿Qué será de ti cuando Dorothy haya dejado este país?

—Volveré a la Ciudad Esmeralda —declaró el Espantapájaros—. Porque Oz me nombró su gobernador y el pueblo me quiere. Lo único que me preocupa es cómo atravesar la colina de los Cabezas de Martillo.

—Mediante el gorro de oro ordenaré a los Monos Alados que te transporten hasta las puertas de la Ciudad Esmeralda —dijo Glinda—, pues sería una vergüenza privar al pueblo de un gobernante tan maravilloso.

—¿De veras soy maravilloso? —preguntó el Espantapájaros.

—¡Eres extraordinario! —afirmó Glinda.

Y mirando al Leñador de Hojalata, inquirió:

—¿Qué será de ti cuando Dorothy abandone este país?

Él se apoyó en su hacha y reflexionó unos momentos. Por fin dijo:

—Los Winkies fueron muy amables conmigo y querían que les gobernase una vez muerta la Malvada Bruja. Yo les tengo afecto, y si puedo volver al país del Oeste nada me gustaría más que gobernarles para siempre.

—Pues mi segunda orden a los Monos Alados será que te lleven sano y salvo a la tierra de los Winkies. Es posible que tu cerebro no sea tan grande como el del Espantapájaros, pero desde luego eres más brillante que él..., cuando estás bien pulido..., y tengo la certeza de que gobernarás sabia y prudentemente a los Winkies.

A continuación, Glinda miró al enorme y melenudo León y preguntó:

—Cuando Dorothy haya vuelto a su hogar, ¿qué será de ti?

—Al otro lado de la colina de los Cabezas de Martillo hay un bosque grande y antiguo, y todos los animales que allí viven me nombraron su Rey. Si pudiera regresar a ese bosque mi vida transcurriría muy feliz.

—Mi tercera orden a los Monos Alados será que te lleven a ese bosque —decidió Glinda—. Y después de haber hecho uso de la magia del gorro de oro, se lo entregaré al Rey Mono, para que él y su banda sean libres por siempre jamás.

El Espantapájaros, el Leñador de Hojalata y el León Cobarde expresaron su agradecimiento a la Buena Bruja por su bondad, y Dorothy exclamó:

—Verdaderamente eres tan buena como hermosa, pero aún no me has dicho cómo volveré yo a Kansas.

—Tus zapatos de plata te llevarán por encima del desierto —explicó Glinda—. De haber conocido sus poderes mágicos, podrías haber vuelto junto a tu tía Em el primer día que llegaste a este país.

—Pero ¡entonces yo nunca habría conseguido mi estupendo cerebro! —exclamó el Espantapájaros—. Podría haber pasado toda mi vida en el maizal del granjero.

—Y yo no habría obtenido mi precioso corazón —indicó el Leñador de Hojalata—. Habría permanecido tieso y oxidado en aquel bosque hasta el fin del mundo.

—Y yo habría seguido siendo un cobarde para siempre —agregó el León—, y ningún animal de la selva se habría dignado a dirigirme la palabra.

—Todo eso es cierto —declaró Dorothy—. Estoy muy contenta de haber sido útil a estos buenos amigos. Pero, ahora, que cada uno posee lo que más deseaba y además tiene la dicha de tener un reino que gobernar, me gustaría poder regresar a Kansas.

—Los zapatos de plata —dijo la Buena Bruja— tienen una magia maravillosa. Y una de las cosas más curiosas es que pueden transportarte a cualquier parte del mundo en tres pasos, y cada paso se da en un abrir y cerrar de ojos. Todo cuanto has de hacer es golpear tres veces un tacón contra otro y ordenar a los zapatos que te lleven a donde tú quieras ir.

—Si es así —dijo la niña, emocionada—, deseo que me devuelvan a Kansas en el acto.

Rodeó el cuello del León con sus brazos y le besó, a la vez que acariciaba con cariño su gran cabeza. Después besó al Leñador de Hojalata, que empezó a llorar copiosamente con gran peligro para sus articulaciones. En cuanto al Espantapájaros, en vez de besar su cara pintada, abrazó su tierno y relleno cuerpo y se dio cuenta de que ahora era ella la que lloraba de pena por tener que separarse de sus queridos compañeros.

Glinda la Buena descendió de su trono de rubíes para besar a la niña y Dorothy le dio las gracias por toda la bondad demostrada con sus amigos y con ella.

Por fin, la niña tomó a Toto solemnemente en sus brazos y, con un último adiós a todos, hizo chocar tres veces los tacones de sus zapatos y dijo:

—¡Llevadme a casa con tía Em!

Al instante se vio girando por el aire, tan rápidamente que todo cuanto pudo ver o sentir fue el viento que silbaba en sus oídos.

Los zapatos de plata no dieron más que tres pasos, y se detuvieron tan súbitamente que Dorothy rodó varias veces por la hierba, antes de darse cuenta de dónde estaba.

Al fin pudo sentarse y mirar a su alrededor.

—¡Cielo santo! —exclamó.

Porque se hallaba en la extensa pradera de Kansas, y delante mismo de ella se alzaba la nueva granja que tío Henry había construido después de que el huracán se llevara la antigua. El tío estaba ordeñando las vacas en el patio, y Toto saltó de sus brazos y corrió hacia la casa, ladrando loco de alegría.

Dorothy se levantó y vio que solo llevaba sus calcetines.

Los zapatos de plata se le habían caído durante el vuelo y se habían perdido para siempre en el desierto.

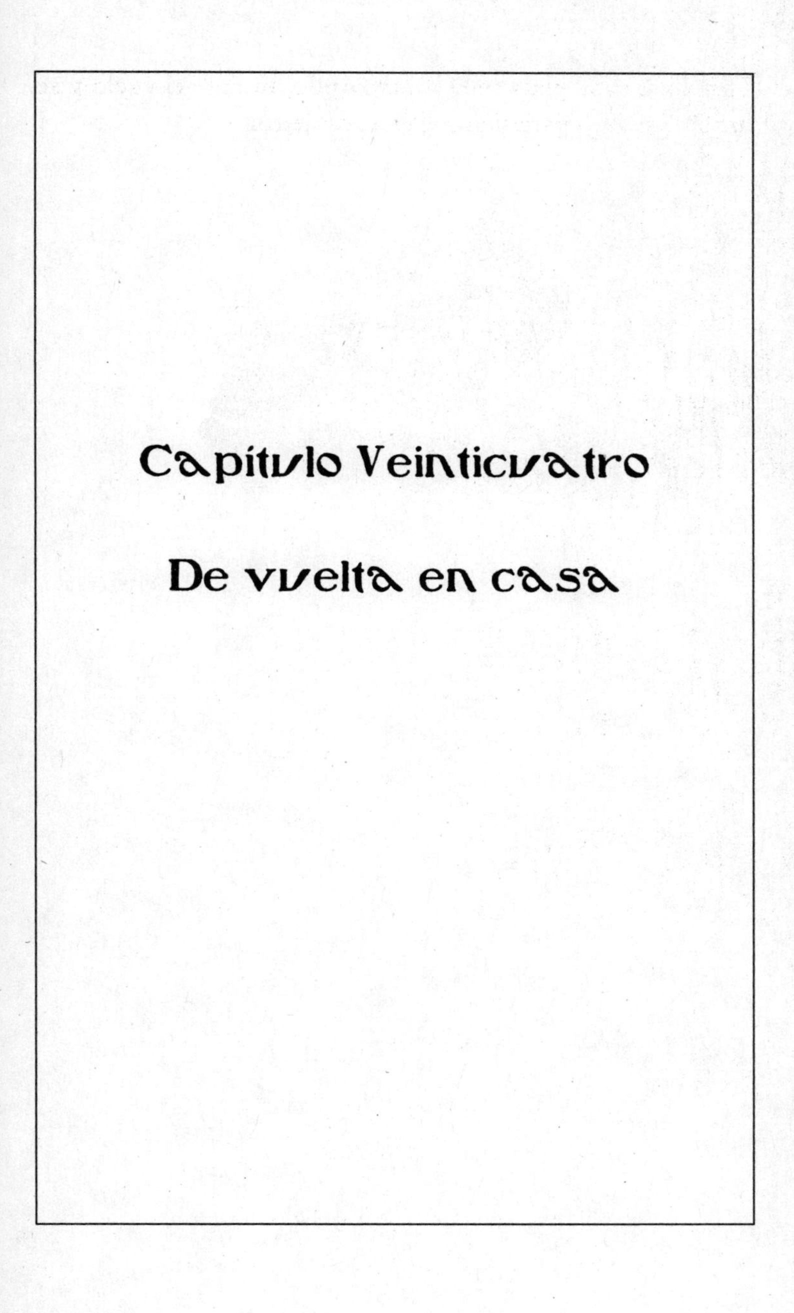

Capítulo Veinticuatro

De vuelta en casa

Al salir de casa para regar las coles, tía Em alzó la mirada y vio a Dorothy corriendo hacia ella.

—¡Mi niña querida! —gritó, estrechando a la pequeña entre sus brazos y cubriendo su carita de besos—. ¿De qué parte del mundo vienes?

—De la tierra de Oz —dijo Dorothy, muy seria—. Y aquí también está Toto. Y… ¡oh, tía Em! ¡No hay nada como estar en casa…!

Índice de contenidos